春华卷

让孩子更出色的每天一个成长故事

万　虹◎编著

图书在版编目（CIP）数据

让孩子更出色的每天一个成长故事．春华卷 / 万虹编著．-- 北京：北京联合出版公司，2014.6（2019.4 重印）

（成长阅读经典）

ISBN 978-7-5502-3108-5

Ⅰ．①让… Ⅱ．①万… Ⅲ．①儿童故事－作品集－世界 Ⅳ．①I18

中国版本图书馆 CIP 数据核字（2014）第 110958 号

让孩子更出色的每天一个成长故事．春华卷

编　　著：万　　虹
选题策划：大地书苑
责任编辑：崔 保 华
封面设计：尚世视觉
版式设计：程　　杰

北京联合出版公司出版
（北京市西城区德外大街 83 号楼 9 层　100088）
北京一鑫印务有限公司印刷　新华书店经销
字数 200 千字　710 毫米 ×1000 毫米　1/16　12 印张
2019 年 4 月第 2 版　2019 年 4 月第 2 次印刷
ISBN 978-7-5502-3108-5
定价：49.80 元

电话：010-64243832

前　言

童年是一曲无忧的歌，而那跳动的音符正是孩子灿烂的笑声；成长是一对梦的翅膀，它载着孩子飞过快乐与忧愁。

孩子刚刚来到这个世界的时候，他们的世界就像一张白纸，如何为这张白纸增添美丽的画面，让孩子成长的历程更加丰富多彩，这是每一个父母所关心的问题。在成长过程中，围绕在孩子周围的不仅仅是欢声笑语，更多的是成长中的烦恼与困惑。比如，该怎样学会与同学友好相处？该如何去帮助和关心他人？该怎样成为一个人见人爱的孩子？……这些生活中的小事情都可能影响孩子的一生。

采取什么样的方法才能达到教育孩子的目的，让他们的人生道路一马平川、稳操胜券呢？专家建议：故事是伴随孩子成长的最好老师。正是那些优美动听的故事，让孩子从幼稚走向成熟，从无知走向丰富。故事中优秀的人物形象是孩子学习的榜样，生动感人的故事情节可以陶冶孩子的情操。

我们精心编写了《让孩子更出色的每天一个成长故事》系列丛书，分春华卷、夏雨卷、秋实卷、冬雪卷，从诸多的儿童故事中精选出的365个蕴涵教育意义的故事。每一个小故事都包含着一个深刻的哲理，教给孩子许多为人处世的原则和道理，是一套陪伴孩子健康成长的好书。

这套丛书会成为孩子的好朋友和好老师，使孩子在人生道路上充满动力，一路飞驰。

亲子阅读指导

读者对象： 6~12 岁的学龄儿童。

故事主题： 教给孩子许多做人处世的道理，解决在成长过程中遇到的困惑与烦恼，丰富孩子的知识与涵养。

阅读方式： 父母与孩子一起阅读。

本书特点：

· 图画与文字的完美结合是本书的最大特点。优美的文字配上生动有趣的图画，让孩子能够更加深刻地理解文字的内涵和寓意，读来生动有趣、妙趣横生。对孩子来说，图画是吸引他们的法宝，是帮助他们展开阅读的重要工具。

·“春华卷、夏雨卷、秋实卷、冬雪卷”的分类可以激发孩子阅读的兴趣。

· 每天一个小话语为孩子的知识储备锦上添花。365 天，一天一个小小的话语，包括节日、节气、名言警句等，让孩子学到更多、更丰富的知识。

阅读方法指导： 坚持每天一个故事，循序渐进。

本丛书按照春华卷、夏雨卷、秋实卷、冬雪卷分类，每天一个生动的小故事。当你开始阅读这套丛书的时候，也要遵循一天一个故事的原则。最好就把今天阅读的日子作为开始，比如今天是 6 月 1 日，那就请打开这一天的故事，开始进入故事的王国中畅游吧！

父母首先从画面上引导孩子

在开始翻看一个故事的时候，父母先不要让孩子去马上阅读文字，而是让他们先从观察图画开始，然后让孩子根据图画所表现出来的意思去猜想这个故事所要讲的主要内容。这样做一方面可以锻炼孩子的观察力，另一方面还可以培养孩子的想象力和创造力。家长可以与孩子一起互动起来，与孩子一起勾勒故事的起因、经过和结果，这种方法可以为阅读增添许多乐趣。

父母与孩子一起诵读内文

在这一阶段，可以锻炼孩子的说话能力和语言表达能力。许多孩子虽然认识许多文字，但是在朗诵的时候常会结结巴巴，羞于表达。父母可以与孩子一起来读，父母读一段，孩子再来读一段，读完后还可以互相指出对方的错误和需要改进的地方。

父母向孩子提出问题

当读完一个故事以后，并不意味着阅读的任务就此结束了。家长应该趁热打铁向孩子提出问题，比如：你在故事中得到了什么启发？故事中哪一部分最让你感动？为什么小朋友要这样做？如果你是故事的主人公，你该怎么做呢？提的问题要与故事紧密结合，而且每次的问题要有所区别。

Contents

1月

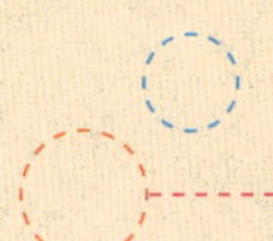

Contents

2月

3月

目录
Contents

赤脚开门的人

从前，有个年轻人与母亲相依为命，生活相当贫困。后来他迷上求仙拜佛，不理母亲的劝说。

一天，这个年轻人听别人说远方的山上有位得道的高僧，便瞒着母亲去讨教。

1月1日

元旦是一年开始的第一天。元有“开始”的意思，旦指“天明的时间”。

到了山上，高僧热情地接待了他。席间，听完他的一番自述，高僧沉默良久。当他向高僧问佛法时，高僧开口道：“你想得道成佛，即刻下山，一路到家，但凡是遇到有赤脚为你开门的人，这人就是你所谓的佛。你只要悉心侍奉，

拜他为师，成佛又有何难？”

年轻人听后大喜，遂叩（kòu）谢高僧，欣然下山。

几天过去了，他一路走来，投宿无数，却没遇到高僧所说的赤脚开门人，他开始对高僧的话产生了怀疑。快到自己家时，他彻底失望了。到家门时已是午夜时分，疲惫至极的他费力地叩动了门环。屋内传来母亲苍老惊悸的声音：“谁呀？”

“我，你儿子。”他沮丧地答道。

很快地，门开了，一脸憔悴（qiáo cuì）的母亲大声叫着他的名字把他拉进屋里，借着灯光，母亲流着泪端详他。

这时，他一低头，蓦（mò）地发现母亲竟然赤着脚站在冰冷的地上。

刹那间，灵光一闪，他想起高僧的话。他突然什么都明白了。

年轻人泪流满面，“扑通”一声跪倒在母亲面前。

阳光女孩

茜茜（qiàn）长着一双美丽的大眼睛，洁白光滑的皮肤，脸上总是挂着阳光般的笑容，对每一个人都是那么和蔼可亲。

1月2日

知识给人重量，成就给人光彩，大多数人只是看到了光彩，而不去称量重量。

有一次，一个穷人家的小姑娘因为穿着破旧而被其他的小朋友戏弄。茜茜听说过她，她的妈妈很早就离开了她，而她的父亲喜欢喝酒，而且脾气很坏，总是朝她发火。小姑娘因为上不起学，只好整天带着比她小两岁的弟弟，在学校外边看茜茜他们上课，眼睛里是一种羡慕的眼神。

“我应该帮帮她。”茜茜心想，于是快步跑出去将小姑娘领到了自己的房间里，轻轻地对哭泣的小女孩说道：“我做你的朋友可以吗？”

“是真的吗？你要做我的朋友？”小姑娘高兴地问。很多的小朋友都因为她暴躁的父亲而离她远远的，没有朋友的生活是多么难熬。

“是真的，我叫茜茜，你呢？”茜茜回答。

“我叫阿莲娜。”小女孩高兴地说道。

“你的手链可真漂亮。”茜茜注意到阿莲娜手上的手链。

“谢谢。你喜欢就送给你吧！”阿莲娜说。

“这份礼物实在是太好了！”茜茜说道，“我也要回赠给你一件礼物。”说着将自己的漂亮衣服和鞋子作为礼物送给了她。穿上新衣服和漂亮鞋子的阿莲娜脸上露出了幸福的笑容，拥有朋友是一件多么快乐的事啊！

剪刀之爱

小芳和爸爸妈妈回老家过年，爱上了一片果园。

冬天的果园，万树沉睡，皑皑（ái）的白雪给熟睡的果树盖上一层厚厚的被子。天这么冷，果园里仍有两三个员工在作业。

1月3日

没有什么事情有像热忱这般具有传染性，它能感动顽石，它是真诚的精髓。

原来这里是一片苹果园，那两三个员工正在剪苹果树的枝杈。他们这是干什么？是破坏，还是维护？说是破坏，不像！他们先摸摸这个枝，再看看那个杈，似乎在选优劣枝杈，再剪去较劣的枝杈；说是维护，也不像！他们剪

下那么多枝杈，把繁密的果树剪得稀疏了。

小芳跑到一位叔叔跟前，不解地问："叔叔，你为什么要剪苹果树的枝杈呀？"叔叔嘿嘿一笑，摸摸小芳的头答道："苹果树长得快，枝杈太多。剪了较劣的枝杈是为了让剩下的枝杈更好地享受日照，长得更粗壮。这样在秋天，你才可以吃到又大又红的苹果啊。"小芳点点头，一下子明白了很多。

看！用大剪子剪去多余的枝杈，使果树更好地生长，这何尝不是一种爱呢？生活中也是这样，父母、老师的批评、训斥如同一把把剪刀，这些看似严厉的举动，其实蕴涵了多少爱的关怀呀！它们剪去我们的缺点、短处，剪去我们的毛病。

小芳想，在没有外界的剪刀时，自己也要准备一把剪刀，时刻检查自己，鞭策自己，勉励自己。这不也是自己对自己的爱吗？

最高统帅绕道

第二次世界大战正在激烈地进行，欧洲战场打得异常惨烈。兵不厌诈，战场上的情况真是变幻莫测。

有一天，大雪纷飞，滴水成冰，盟军的最高统帅艾森豪威尔将军，乘车回总部参加紧急军事会议。

1月4日

有志者自有千计万计，无志者只感千难万难。

忽然，将军看到一对法国老夫妇坐在马路旁边，冻得瑟瑟（sè）发抖。他立即命令身边的翻译官下车了解详情，并赶快帮忙解决。一位参谋急忙阻止说："我们得按时赶到总部开会，这种

事还是交给当地的警方处理吧！”

艾森豪威尔将军坚持说：“等到警方赶到的时候，这对老夫妇可能早已冻死啦！”

原来，这对老夫妇准备去巴黎投奔自己的儿子，但因为车子抛锚，前不着村，后不着店，正不知如何是好。

于是，艾森豪威尔将军立即把这对老夫妇请上车，特地绕道将这对老夫妇送到家后，才风驰电掣（chè）般地赶去参加紧急军事会议。

助人的双手比祈祷的双唇更神圣。艾森豪威尔将军的善心义举得到了意想不到的巨大回报：原来，那天几个德国纳粹狙击手虎视眈眈（dān）地埋伏在艾森豪威尔将军必须经过的那条路上，如果不是因为行善而改变了行车路线，将军恐怕就很难躲过那场劫难。

骑在父亲脖子上看电影

小时候，小勇家在农村，没有电视。所以要是碰到哪个村子放电影，十里八村的人就都赶着去看。那时父亲还年轻，也是个电影迷。每遇此等好事，就蹬(dēng)着他那辆已经不可能再永久下去的老“永久”牌自行车，带着小勇摸黑去赶热闹。

1月5日

西方的“神灵节”，耶稣是西方人崇拜的神，这一天是纪念耶稣显灵的日子。

然而这次春节回家，邻村放电影，父亲并没有同去。小勇只好和儿时的几个玩伴一起去凑热闹。来到电影场，人不算多，找个位置

站定。过了不大一会儿，身边来了一对父子，小孩直嚷嚷自己看不见。如多年前父亲的动作一样，那位父亲一边说着“这里谁也没你的位置好”，一边托孩子骑在了自己脖子上，孩子在高处“咯咯”地笑着。小勇不知怎么搞的，双眼一下子就湿润了。这么多年了，他一直在寻找一个能准确代表父爱的动作，眼前这一幕不就是他一直在寻找的吗?

回到家，看着昏黄灯光里父亲花白的头发和那已明显驼下去的脊背，他的眼泪一下子涌了出来，把自己身上那件刚才出门时父亲给他披上的大衣又披到了父亲单薄的身上。

是啊，父亲一生都在为儿子做基石，把儿子使劲向最理想的高度托，托着托着，不知不觉自己就累弯了腰，老了。

这一生，无论我们人生的坐标有多高，都超不过那份父爱的高度。

朱特的故事

从前，有个商人叫哈迈。他有三个儿子，他最疼爱小儿子朱特，结果朱特遭到两个哥哥的嫉妒。

哈迈老了，他将财物分为四份，三份分给儿子，一份留给自己。不久，哈迈死了。

1月6日

节气：小寒。冬天的寒冷悄悄向我们走来，带来丝丝凉意。

老大、老二想要弟弟的钱财，就将朱特告上法庭，并贿赂（huì lù）贪官，使朱特变成了穷光蛋。

老大和老二还把母亲撵（niǎn）走，霸占了母亲的财产。母亲找到朱特，朱特安慰她说："妈妈，我供养您。希望您能替我祈祷。

朱特靠打鱼卖钱，生活渐渐好起来了。而两个哥哥好吃懒

做，不久，就变成了乞丐。

他们只好偷偷来找母亲，母亲拿些面饼给他们充饥，说："你们吃了快走。你弟弟的生活也不富裕，叫他看见，他会责怪我的。"

有一天，她正拿东西给老大和老二吃时，被朱特看到了。朱特拥抱着哥哥们，露出诚恳、善良的微笑，说："很希望你们常来看望母亲和我，不然，我们会感到寂寞的。"

"我们起誓，我们一直想你。我们弟兄分开了，的确没有幸福可言。"

母亲眼看儿子们和好，非常高兴，说："儿啊，我们是富裕之家了。"

"是的，"朱特说，"我欢迎两位哥哥在这儿住下。"就这样，全家人亲热地住在了一起。

鹰和鼹鼠

鹰王和鹰后从遥远的地方飞到远离人类的森林。他们打算在密林深处定居下来，于是，就挑选了一棵既高大又枝繁叶茂的橡树，在最高的一根树枝上开始筑巢，准备在这儿养育后代。

1月7日

那些尝试去做某事却失败的人，比那些什么也不尝试做却成功的人不知要好上多少。

鼹鼠看到后，好心向鹰王提出警告："这棵橡树的根几乎烂光了，随时都有倒掉的危险。你们最好不要在这儿筑巢。"

鹰王根本瞧不起鼹鼠，心想：老鹰的眼睛这么锐利，难道还需鼹鼠来提醒我们吗？鼹鼠是什么东西，竟然胆敢跑出来干涉鹰王的事情？

于是，鹰王毫不理睬鼹鼠善意的劝告，立刻动手筑巢，当天就把全家搬了进去。不久，鹰后孵出了一窝可爱的小家伙。

一天早晨，太阳刚刚升起来，外出捕食的鹰王带着丰盛的早餐飞回家来，顿时被眼前的景象惊呆了：那棵橡树已经倒掉了，他的鹰后和他的子女都已经摔死了。

鹰王悲痛不已，他放声大哭道："我多么愚蠢啊！我竟然把最好的忠告当成了耳边风，所以，命运就对我给予这样严厉的惩罚。我从来不曾料到，一只鼹鼠的警告竟会是这样准确，真是怪事啊！"

谦恭的鼹鼠答道："轻视从下面来的忠告是愚蠢的。你想想看，我就在地底下打洞，和树根十分接近，树根是好是坏，还有谁会比我知道得更清楚呢？"

小鳊鱼的灾难

渔翁在河岸有一个钓鱼点，而陡峭河岸下的水里就是一只小鳊鱼的家。

1月8日

让我们将事前的忧虑，换为事前的思考和计划吧！

小鳊鱼又机灵又狡黠（xiá），而且天生胆大，它总是像陀（tuó）螺似的绕着渔翁的钓钩转，使渔翁一无所获。

渔翁扔下钓钩后目不转睛地看着浮子，等着鱼儿上钩。“瞧，上钩了！”他想，心怦怦跳，可抬起鱼竿只看到一个空钩子在上面。狡猾的小鳊鱼仿佛在捉弄渔翁，它叼起诱饵就跑，轻易地就把渔翁欺骗了。

另一条鳊鱼

劝它："小妹妹，你这样做实在是太危险了！难道水里的地方还小么，你怎么总是围着钓钩打转？我天天为你提心吊胆，担心你很快就会同我们这条河永别。要知道你越接近钓钩，便越接近灾难。今天你平安无事，可谁能保证明天也是如此呢？"

可是糊涂的小鳊鱼根本听不进这一忠言。它满不在乎地回答："你要知道，我又不是近视眼！不必害怕钓鱼人的狡猾伎（jì）俩，我早已把这些伎俩看穿。你瞧，扔下来一个钓钩，又一个钓钩！亲爱的，你瞧着，瞧我怎样把这些狡猾的家伙哄骗！"

小鳊鱼说罢，箭似的朝钓钩冲去，叼走了一个诱饵又一个诱饵，但在叼第三个时被钩住了，终于遭到了可怕的灾难！

可怜的家伙这时才明白：从一开始就远离危险才是最大的安全。

鞋匠和财主

鞋匠很喜欢唱歌，从早到晚不停歇，每一段曲子都很欢快。看起来，他的生活无忧无虑。

1月9日

智者一切求自己，愚者一切求他人。

他的邻居是个财主，虽然有很多钱，却非常害怕家里被偷。他很少唱歌，尤其缺少睡眠。很多天的早上，他才刚刚入睡，鞋匠就开始唱歌，他就难以再睡着。

财主抱怨道："上帝啊，您太不眷(juàn)顾我了！如果睡眠能像食物和饮料一样买到该多好啊。"

财主就把唱歌的鞋匠叫到跟前，问："亲爱的先生，你一年能赚多少钱？"

"一年吗？"鞋匠带着笑声说着，"大人，我不天天攒钱，只要能混到年底就行了。”

“你一天能挣多少钱？”

“有时多一点，有时少一点。”

鞋匠表现出的朴实让财主很高兴。财主说：“我今天要使你像当上国王一样，来，把这一百埃居（法国古币名）拿去，好好地存起来。”

一百埃居，这是鞋匠见过最多的钱！他把钱藏在地窖里，同时也把他的欢乐给弄丢了。自从他得到了那笔钱，他的歌声就消失了，睡眠也离开了他，而忧虑、怀疑、虚惊倒成了他家里的常客。

最后，他实在受不了了，就跑到财主家里，对财主说：“把我的歌声和我的睡眠还给我，把你那一百埃居拿回去！”

鹦鹉复仇

鹦鹉父子居住在宫中，国王每天用烤肉喂养他们。国王父子把这对鹦鹉当成了最心爱的宠物。后来，他们四个建立了亲密的友情。国王与老鹦鹉十分要好，王子与小鹦鹉也彼此相投：两人一起生活，一起相伴上学。王子性情无常，所以他的喜怒通常决定了别人的生死命运。

1月10日

人的才华就如海绵的水，没有外力的挤压，它是绝对流不出来的。

有一只麻雀，天性喜欢哗众取宠，并得到了王子的宠爱。

一天，小鹦鹉和麻雀在一起玩耍时争吵起来。麻雀不慎遭到了对方的一阵猛啄，翅膀也被啄断了。王子得知后下令将小鹦鹉关进了监狱。

老鹦鹉非常伤心，他找了个机会，逃离了王宫，选择一棵松树的树顶躲藏了起来。这棵树正好位于众神居住的地方，老鹦鹉就在这里过起了孤独的生活。

国王来到老鹦鹉居住的地方，说："好朋友，回到我那里去吧。是我儿子先挑起的事端，是我儿子不对！噢，不，是命运挑起了那次争斗。现在让我们彼此释怀宽慰，你跟我回王宫吧。"

老鹦鹉被国王的话打动了，在这世界上，还有什么比友谊更珍贵呢？从此，他们四个又过上了幸福的生活。

地图的另一面

牧师正在准备布道的稿子，他的小儿子却在一边吵闹不休，让他无法专心准备。

1月11日

没有天生的信心，只有不断培养的信心。

牧师无可奈何，便随手拿起一本旧杂志，把上面的一幅彩色插图——一幅世界地图，撕成碎片，然后丢在地上，说道："约翰，如果你能拼好这张地图，我就给你两角五分钱。"

牧师以为这样会使约翰花费整整一个上午的时间，这样自己就可以静下心来思考问题了。

但是，不到10分钟，儿子就敲开了他的房门，手中拿着那份拼得完完整整的地图。牧师对约翰能在这么短的时间内拼好一幅世界地图感到十分惊奇，他禁不住问道："孩子，你怎么这么快就拼好了地图？"

"啊，"小约翰说，"这很容易，爸爸。在地图的另一面有一个人的照片，我就把这个人的照片拼到了一起,然后把它翻过来。我想如果这个人是正确的，那么，这个世界地图也就是正确的。"

牧师微笑起来，他给了儿子两角五分钱，然后又对他说："谢谢你！乖儿子，你替我准备好了明天演讲的题目：如果一个人是正确的，那么他的世界也就会是正确的。"在现实生活中，很多事情只要你换个角度去思考，你一定会找到解决问题的捷径，只要你能积极地生活，拥有乐观的心态，那么你的明天一定会更加精彩。

没有命令，决不离岗

一个雪夜，寒风刺骨，一位巡（xún）逻的武警战士看见一个小男孩独自站立在街角，他的头上和身上都落满了雪花，可是他还是站在那里，一动也不动。

1月12日

你可以选择这样的"三心二意"：信心、恒心、决心；创意、乐意。

这位武警战士走到小男孩的面前问他："小朋友，这么晚了，你为什么还不回家？你站在这里做什么呢？"

小男孩告诉武警战士说："叔叔，我在站岗！"

"站岗？"武警战士笑了，"你在站什么岗？"

“傍晚的时候，我和伙伴们一起玩‘打仗’的游戏，我的任务是在这里站岗放哨。我已经向伙伴们保证：没有命令，决不离岗。所以，我在站岗啊！他们都在那边‘打仗’呢！”

已经很晚了，天又下雪，武警战士知道一定是其他的孩子们把眼前的小男孩给忘了，各自回家去了。于是，他说：“现在这么晚了，他们一定都回家了。你也快回去吧！”

“不，我已经保证了：没有命令，决不离岗。在战争中，我怎么能够随便离开呢！”小男孩固执地说。

这时，武警战士向小男孩报上自己的军衔并认真地行了一个标准的军礼，然后对他说：“小同志，你已经出色地完成了任务，现在，我命令你立即回家。”

小男孩回了一个不太规范的军礼，大声说道：“是！”然后，蹦蹦（bèng）跳跳地回家去了。

树林和篝火

冬天，在树林的旁边残留着一堆篝（gōu）火，那是过路人留在这里的。此时柴火已经燃尽了，火苗即将熄灭。

1月13日

最重要的就是不要去看远方模糊的，而要做手边清楚的事。

眼见末日来临，篝火便打起树林的主意。篝火跟树林搭讪："亲爱的树林，你的命运怎么这样悲惨啊！光秃秃的，浑身连一片树叶也没有，看着你被冻，我都心寒。"

树林回答说："那是因为冬天

时我被积雪和寒冰盖住了，哪里谈得上什么密叶浓荫（yīn）啊！”

篝火接着说：“这有什么难的！只要你同我交朋友，我就会帮助你。我是太阳的兄弟，在冬天，我比太阳更能创造奇迹。你不妨到温室里去打听打听，那里多么需要我啊。在大雪纷飞的冬天，那里春暖花开、一片碧绿，而这一切，也都是我的功劳。自吹自擂不好，我也不爱吹嘘，但我的本事确非太阳能比。你看，一天过去了，柔弱的太阳虽然放光，冰雪依然无恙。只要冰雪稍稍靠近我的身边，就会顷刻间融化消亡。如果你想在隆冬时节变得像夏天那样苍翠，只需要在林间给我一席之地。”

树林不假思索地同意了，于是火苗蹿进了树林，火苗变成了火舌，势头越来越猛。熊熊烈焰席卷树林，滚滚黑烟直冲天际。一切都烧光了，只剩下一些烧焦的树桩戳（chuō）在那里。

失去财宝的守财奴

拥有财产是为了享用，而守财奴的嗜（shì）好却只是占有钱财，而不去使用。想想吧，和贫民相比，他们好在哪里呢？古希腊哲学家狄瑞纳虽然生活清贫，但是很幸福。而守财奴过的却是乞丐的日子。

1月14日

成功的信念在人脑中的作用就如闹钟，会在你需要时将你唤醒。

有一个守财奴，他有一笔钱却舍不得花，于是将它们埋藏在地下，此时，他的心思也随着那些钱被埋在了地下。他没有别的消遣，唯一的快乐就是

时刻想着那笔钱。他常常绕着那块地转悠，时间长了，便引起一个盗墓贼的怀疑，他料定此地定有宝物，于是不动声色地把钱盗走了。

第二天一大早，守财奴发现钱不见了，顿时捶胸顿足，号啕大哭，痛不欲生。一个过路人问："你为何哭得如此伤心？"

"有人偷了我的钱。"他抽泣着回答。

"你的钱是在哪里被偷的？"

"就在这块石头旁边。"

"你干嘛把钱埋得这么远呢？当初你把它放在自己的保险柜里不就没事了吗？这样随时取用也方便呀！"

"随时取用？哦，天啊！难道我会贪图这一点方便吗？你没有听说过吗？花钱容易赚（zhuàn）钱难啊。我是不会动用一分一毫的。"

"既然你从不动用这笔钱，那就在这里埋一块石头吧，把这块石头当作你原来的钱财，因为对你来说都是一样的。"过路人笑着说。

“博学”的老鼠

有两只老鼠，一只居住在图书馆里，另一只居住在粮仓里。

1月15日

如果有了明确的目标去奋斗，那么生命就是美丽的。

有一天它们两个相遇了。图书馆里的老鼠摆出一副学者的架子，对粮仓里的老鼠说：“可怜的家伙，为了填饱肚子，你们甘愿住在干燥、憋（biē）闷的谷仓里。那里除了稻谷之外什么也没有。只有物质满足而缺乏精神享受的生活该有多么乏味啊！图书馆里是多么的安静啊，古今中外，经史子集，我都能见到。”

“这么说，您一定是位知识渊博的学者啦？”粮仓里的老鼠虔诚地说道。

“那当然，每本书的一字

一句我都要细细咀嚼，一页页装进肚子里。”

“这太好了，我正有一事需要请您这样知识渊博的老兄帮忙呢。”

说完，粮仓里的老鼠把图书馆里的老鼠带到一座粮仓里，指着墙角的一个瓶子说：“请帮忙看看这标签上写的是‘香麻油’还是‘灭鼠药’？”图书馆里的老鼠根本不认识字，看见标签上三个黑糊糊的大字，又有一股香油味从瓶口飘出，于是，它就凭直觉猜测：“这是香麻油。”

“真的？您看清楚了？”

“没错，不信，我先喝给你看。”为了证明自己博学多才，图书馆里的老鼠搬倒瓶子就喝了起来。谁知只喝了几口，就浑身抽搐（chù），不久，便四腿一蹬（dēng），死了。

这时，粮仓里的老鼠才知道，瓶子上写的分明是“灭鼠药”。

不同的旋转

有一天，一只金色的陀螺（tuó luó）滚到一只乌黑的车轮旁边。它踮起小小的脚尖问车轮：“喂，黑不溜秋的大家伙，你是谁啊？你都有什么本事呀？”

1月16日

好咖啡要和朋友一起品尝，好机会也要和朋友一起分享。

“旋转！”车轮答得很干脆，“漂亮的小弟弟，听说你的本事也是旋转，对吗？”

“对呀！”陀螺趾（zhǐ）高气扬，仿佛在诉说自己最光荣的历史，“我旋转得非常快，就像在

飞一样，堪称世界第一。我甚至一分钟能旋转几千次，在一个钟头之内旋转的次数，恐怕比天上的星星还要多哩！你呢？”陀螺用轻蔑（miè）的眼光看着车轮。

车轮谦虚地说：“我嘛，我一分钟大约只能旋转几百次，一个钟头也不过两万多次。看来，我在旋转方面是没法跟你比的了。”

“是啊，俗话说：‘不怕不识货，只怕货比货’。看来，我比你强多了！”陀螺显得目中无人，有些得意洋洋地说。

车轮又瞥（piē）了陀螺一眼，说：“其实，谁多谁少，看的不是次数，而要看实质。”

“你这话是什么意思？”陀螺疑惑不解地问。

车轮说：“就旋转的速度而言，你旋转快如飞，我根本没法跟你比。但是我旋转一次，就前进一大步；不断旋转，就不断前进。而你呢，尽管旋转的速度很快，却始终在原地打转！”

强者不吹牛

在一个山脚下，住着一户猎人。在猎人的家里，有一只小老鼠，它竟然与猎人养的一只小白兔和一只大公鸡成了好朋友。三个好朋友彼此之间无话不谈，亲密得好像兄弟姐妹一样。但是它们都有一个共同的缺点，那就是喜爱吹牛，可能是物以类聚吧，三个好朋友经常坐在一起讨论“到底谁是最强的动物”这个话题。这天，小老鼠、小白兔、大公鸡又在比谁最厉害。

1月17日

有一条路不能选择——那就是放弃的路；只有一条路不能拒绝——那就是成长的路。

小老鼠说：

“我最厉害，有一次和大象决斗，我钻进它的鼻孔里，咬得它直喊‘饶命’！对于我，大象都不在话下，我还有什么可怕的呢！”

小白兔对小老鼠说：“你这个小地豆子，按体重比我小二十倍，也敢在此逞（chěng）能！我是三次马拉松赛跑冠军的获得者，一次还创造了世界纪录，连赛跑能手猎豹都惧我三分！”

大公鸡说：“你们都给我住嘴！俗语云‘雄鸡一唱天下白’，太阳都按我的叫声出来，连人类也听我的指挥，按我的命令起床、下地，所以老子才是天下第一！”

它们正在不着边际地吹牛时，旁边的草丛中躺着一只老虎，似睡非睡，似醒非醒，听了它们的说话，闭目微笑。过了一阵，老虎忽然打了一个哈欠，不由自主地说：“好困呀！”

小老鼠、小白兔、大公鸡一看，无不抱头鼠窜……

披着狮皮的驴子

从前有一头聪明伶俐（líng lì）的驴子。这头驴子毛皮发亮，身强力壮，而且它学东西非常快，动作也不是慢吞吞的。总之，从各方面看，它都是很优秀的驴子，因此受到同伴的尊敬，主人也非常喜欢它。

1月18日

我们要敢于梦想的，才有可能实现梦想。

应当说，驴子是过着快乐的生活。

可是，令人意外的是，这头驴子每天都有满腹的牢骚。驴子之所以会这样，是因为它终究只是被当成驴子看待，它对这

一点非常不满。

有一天，驴子在仓库里发现了一张狮子皮。它心想："我为什么要做驴子呢？做狮子不是更好吗？狮子是百兽之王，任何动物看到它都会吓得发抖。我如果能够披上狮子皮，相信也会有狮子的威严。"

驴子为了更新自己的形象，果真披上狮子皮走了出去，动物们看到它那凶神恶煞（shà）的样子，都吓得掉头就逃。虽说驴子并不凶猛，但披了这张皮之后，也把大家吓了个半死。

不幸的是，有一次驴子不小心露出了耳朵，假象和骗局被戳（chuō）穿了，主人马上拿了棍子来教训它，当围观的人们看到"狮子"被赶进了磨坊，都禁不住大吃一惊。

被拴住的猫

老鼠闹得太凶了，它们成群结队地从洞里钻出来，把食橱里的美味一扫而光，在所有的家具上都留下了齿痕。主人只好向邻居家借来了一只大猫，以扑灭鼠害。

1月19日

拥有梦想只是一种智力，实现梦想才是一种能力。

为了让这只猫好好工作，主人用绳子把猫拴在老鼠洞旁的桌子腿上，然后才放心地去上班了。

稍知鼠性的人都知道，老鼠都有两个以上的洞。当它们嗅到一个洞外有猫的气

味时，便慌忙溜去另一个洞口窥（kuī）探动静。

那个洞是在另一个屋角的下面。老鼠们发现趴在对面洞口外的，竟然是一只被拴住的猫。

最大的那只老鼠，想试探一下那猫能不能抓到自己，便壮着胆子溜出洞去。

“喵呜——”大猫愤怒地叫了一声，飞速地向那只大老鼠扑去。但它忽然觉得被什么东西拽住了，脖子被勒（lēi）得生疼，险些背过气去。

“孩子们，都出来吧！”大老鼠欢呼起来。“那臭猫是捉不住咱们的，拴着它的那根绳子太短了！”

于是，老鼠们成群结队地爬出洞口，肆无忌惮（dàn）地到处乱啃乱咬起来……

傍晚，主人下班回来看到家里又被老鼠糟蹋了，便解开绳子把大猫还给了邻居。

“你这只猫不会捉老鼠！”他说，“我把它拴在老鼠洞跟前，它也没捉到一只老鼠！”

“是吗？”邻居笑道，“不过，最善于捉老鼠的猫，受到你这种限制，也会成为无用的东西。”

狡猾的狼

有一只狼，很有心计，它懂得人类的弱点，为了得到鲜美的羊，它决定实施一个计划。

有一天，它对牧羊人说："我以前的确是干了许多坏事，但我已经决定洗心革面，做一只有良心的狼。请宽恕（shù）我吧，让我们把以前的恩怨都一笔勾销吧。如果可以，我愿意做您忠实的仆人，像狗一样跟随在您的左右。对于您的羊，我更会像亲兄弟一样对待它们，我要保护它们，

1月20日

节气：大寒。感受一年中最冷的一天，冬季已经接近尾声，正在向我们告别了。

绝不让任何动物伤害它们。听说，狐狸一直想偷吃您的羊，您放心，只要有我在，狐狸是不会得逞（chěng）的……”

狼一边忏悔着自己以往的过错，一边流下了悔恨的泪水,接着又信誓旦旦地保证。牧羊人被感动了，以为狼真心悔改了，便收留了它。

在接下来的日子里，狼老老实实地守护着羊群，并且一点坏事也没干。牧羊人开始时还对它小心防范，处处提防，十分警惕（tì）地看护着他的羊群。狼始终一声不吭地守护着羊群，丝毫没有要伤害羊群的迹象。

时间长了,牧羊人不再提防狼,渐渐放松了警惕。一次,牧羊人因事进城去了,他安排狼独自守护羊群。狼就趁此机会，咬死了大部分的羊。牧羊人回来后，看见羊被咬死了，十分后悔，但事情已经无法挽回了，只好叹道：“我真活该！为什么会把羊群托付给狼呢？”

“闹钟”不响以后

有个贪心又可恶的老太婆，她有两个女仆。这两个女仆纱纺得特别好，已经达到当时当地的最高水平。

1月21日

成功决不喜欢会见懒汉，而是唤醒懒汉。

老太婆把所有的心思都用在了如何给女仆分配活计上，当她把女仆打发出去干活时，纺车便开始转动，纺锤也被拉得紧紧的，两个女仆只能不停地紧张干活，根本不可能偷懒。

每天曙光初现的时候，一只该死的公鸡就拉长了脖子高歌起来。一听到公

鸡啼叫，这可恶的老太婆就会立即套上那条满是污垢、令人作呕的裙子，端上油灯赶到两个女仆的床前，用她那令人厌恶的、刺耳的嗓音叫女仆起床干活。这两个可怜的女仆因劳累睡得正香，被恶婆吵醒后，一个睡眼惺忪（xīng sōng），另一个伸着懒腰，两个人都很不情愿地起床，嘴里边骂道：“可恶的瘟鸡！耽误我睡觉，这么早就开始啼叫！真是该死！”她们两人恨死这只每天打鸣的“闹钟”了，很想用什么法子把它给杀掉，免得它天天吵醒自己的美梦。

后来，她俩终于找到个机会把公鸡逮住杀掉了。从此，这烦人的“闹钟”再也不响了。

可是杀了这只公鸡并没有改变她们的处境，恰恰相反，当两个女仆刚刚躺下睡觉时，老太婆因为怕误了钟点，比以前更早地起来催她们上工，吵得她们通宵不得安宁。

世上最坚强的人

班纳德可以说是世界上最坚强的人，他是一位德国的老人，现年50岁。在这风风雨雨的50年间，他遭受了150多次磨难的洗礼，从而成为世界上最倒霉的人，但这些也使他成为了世界上最坚强的人。

1月22日

拿望远镜看别人，拿放大镜看自己。

班纳德在他出生后第13个月的时候，一不小心摔伤了后背；之后他又从楼梯上掉下来，把一只脚摔成残疾；再后来，有一次他爬树的时候又摔伤

了四肢；在一次骑车时，忽然刮起的一阵大风，把他吹了个人仰车翻，膝（xī）盖又受了重伤；14 岁时他掉进了下水道，差点窒息而亡；一次一辆汽车失控，把他的头撞了一个大洞，血如泉涌；一次一辆垃圾车在倒垃圾时，将他埋在了下面；还有一次，他在理发店中老老实实地坐着，突然一辆飞驰的汽车驶了进来，把他撞成了重伤……

他的一生倒霉透顶，而且在最为倒霉的一年中，竟遭遇了 17 次意外。

但更令人惊奇的是，老人依旧健康地活着，而且心中充满着自信，因为他历经了 150 多次磨难的洗礼，他还怕什么呢？

我们在埋怨自己生活多磨难的同时，想想这位老人的人生经历，或许还有更多遭受灾难的人们，与他们相比我们的困难和挫折又算得了什么呢？

美洲豹的对手

一个动物园里，最近从国外引进了一只极其凶悍的美洲豹，它身上美丽的花纹受到人们的喜爱，来参观的人们都很喜欢它。为了更好地招待这位远道而来的“贵客”，动物园的管理员们每天都为它准备精美的食物，并且特意开辟了一个不小的场地供它活动和游玩。然而这位“客人”却似乎并不领情，终日闷闷不乐，整天无精打采。

1月23日

书籍是改造灵魂的工具。人类所需要的，是富有启发性的养料。

“也许是刚到异乡，有点想家吧！”大家都这么以为，“等过一段时间，大概就会慢慢适应的。”谁知两个多月过去了，美洲豹竟然还是老样子，甚至连食物也不想吃了。

这是怎么回事呢？动物园的管理员们想尽一切办法让它吃食，可是都无济于事。

眼看着它就要不行了，园长慌了，连忙请来兽医多方诊治。然而，令人惊奇的是，兽医为它检查的结果是：它根本没有什么大病。后来，人们在无意间发现，每当有老虎经过时，美洲豹总会站起来怒目相向，严阵以待。

在万般无奈之下，有人提议，不如在草地上多放几只美洲虎，或许会有些希望，园长只好抱着试试看的心态，在动物园中又引进了几只美洲虎。

果然，栖（qī）息之所有了同伴的加入，美洲豹立刻变得活跃警惕起来，很快又恢复了昔日的威风。

逃难的国王

很多年以前，有一个国王，国家在他统治的时期一点都不太平。强大的邻国频繁地侵略他的国家，他的国家眼看就要灭亡了。

1月24日

在真实的生命里，每桩伟业都由信心开始，并由信心跨出第一步。

国王带着自己的军队抵抗着敌人的入侵，但经过多次奋战之后，军队还是溃散了。

他独自逃进了森林。在森林中，他看到了一间伐木人的小屋，便敲了敲门，开门的是伐木人的太太。国王向她乞

求一些食物，并请求暂住一宿（xiǔ）。国王的外表很寒酸，她完全不知道他真正的身份。她说："如果你能帮我看着这些放在炉子上的蛋糕，我就让你吃一顿晚饭。在我出去的时候，不要让蛋糕烤焦了。"

国王靠着火炉坐下来。但是他的脑袋里在想：怎样重整自己的军队，又如何抵御敌人的攻击……国王完全忘记了照看蛋糕的事。

当那位太太回来时，她发现蛋糕变成了烧焦的脆片，就生气地喊道："你这个懒惰（duò）没有用的家伙，你让我们都没有晚餐吃啦！"国王只是惭愧地垂着头。

刚好伐木人回来了，他认出了国王。他太太吓坏了，她跑到国王的身边跪下，乞求他原谅。

但是国王说："你骂得没错，我说我会看好蛋糕，而我却把蛋糕烤焦了。任何人要是接受了一个责任，不管责任大小，都应该切实地完成应尽的本分。"

后来，国王重整了他的军队，并且很快就将敌人打败了。

绿宝石的遭遇

有一位年轻人在植树时偶然挖到了一块绿色的宝石。他欣喜若狂，把宝石视为生命一般珍贵。

消息灵通的古董商人听说了这件事，纷纷前来打探，有的甚至天天登门拜访，为的是有机会能够收购这块宝石。

有好几个古董商人开出了诱人的价格，但都被他一口回绝了。为什么他拒绝这些高价呢？因为宝石上有一个小斑点，他想如果去掉这个小斑点，或许可以卖到比现在还要高几倍的价格。

1月25日

友情在我过去的生活里就像一盏明灯，照亮了我的灵魂，使我的生存有了一点点光彩。

于是，他向朋友借了一台珠宝切削机，然后小心翼翼（yì）地把宝石的表面削去了一层。然而没料到，宝石的斑点依然存在，只不过是变小了一点而已。

接着，他继续切削宝石的第二层，以为再切一层斑点就可以去除了。可是切完第二层以后，斑点还是没有去除，但他仍旧不死心，一直切削到第四层时，才把斑点去除。

这个斑点是去除了，可是宝石里又多出了两个更大的斑点。他一看就傻眼了，不过他没有放弃，而是继续切削，等到所有的斑点都被削掉了，那块宝石果真是晶莹剔（tī）透。但这时他也猛然发现，宝石的体积已经比原来的小了好几倍。

无奈，他只好忍痛把宝石卖给了古董商，可是最后的价格却只有当初的十分之一。

在冠军与诚实中选择

在华盛顿举办的美国第四届全国拼字大赛中，南卡罗来纳州冠军——11岁的罗莎莉·艾略特一路过关，进入了决赛。当她被问到如何拼“招认”（avowal）这个单词时，她轻柔的南方口音，使得评委们难以判断她说的第一个字母到底是A还是E。

评委们商议了几分钟之后，将录音带倒带后重新听，但是仍然

1月26日

农历十二月初八是“腊八节”，民间有喝腊八粥的习俗。

无法确定她的发音是A还是E。解铃还得系铃人。最后，主审约翰·洛伊德决定，将问题交给唯一知道答案的人。他和蔼地问罗莎莉："你的发音是'A'还是'E'？"

其实，罗莎莉根据其他人的低声议论，已经知道这个字的正确拼法应该是A,但她毫不迟疑地回答，她发音错了，说的是"E"。

主审约翰·洛伊德又和蔼地问罗莎莉："你大概已经知道了正确的答案，完全可以获得冠军的荣誉，为什么还说出了错误的发音？"

罗莎莉天真地回答说："我愿意做个诚实的孩子。"

当她从台上走下来时，几乎所有的观众都为她的诚实而热烈鼓掌。

第二天，有一篇报道这次比赛的短文：《在冠军与诚实中选择》。短文中写道，罗莎莉虽没赢得第四届全国拼字大赛的冠军，但她的诚实却感染了所有的观众，赢得了所有观众的心。

老绅士面试求职者

一位非常富有的老绅士想要找一个男孩服侍他，唯一的要求就是这个年轻人必须是一个诚实正直的孩子。很快，老绅士就收到了二十多封求职信。

1月27日

知识好像砂石下面的泉水，掘得越深泉水越清。

有四个小伙子来参加最后的面试，绅士提前准备了一间房子，他要求四个人逐一进入这个房子，只要在里面的椅子上安静地坐一会儿就行。

查尔斯第一个进入房间，他看见桌子上摆

放着一个罩子，他掀起了罩子。一堆非常轻的羽毛飞了起来，于是，他又急忙把罩子放下，可是这下更乱了，其余的羽毛被气流吹得满房间都是，结果可想而知，他落选了。

亨利是第二个进入房间的孩子。他刚一走进去就被一盘诱人的、熟透的樱桃吸引了，于是，他拿起了一个最大的樱桃放进了嘴里。亨利也被打发走了。

接下来的是鲁弗斯，他看到桌子上有个抽屉(tì)没有锁，但是他刚刚把手放在抽屉把手上，就响起了一阵铃声。老绅士气愤地把他赶出了房间。

最后一个进入房间的男孩名叫哈里。他在房间的椅子上静静地坐了二十分钟，什么也没有动。

“屋里那么多新奇的东西，难道你不想动一下吗？”老绅士问。

“不，先生。在没有得到允许之前我是不会动的。”哈里回答道。

后来，哈里一直服侍着老绅士，当老人去世的时候，留给他很大一笔遗产。

纪昌学射箭

古代有个著名的射手名叫飞卫，当时全国的很多年轻人都慕（mù）名向他求教。其中有个很有才华的年轻人，名叫纪昌。他立志要成为一名神箭手，于是，他也向飞卫拜师学习射箭。

1月28日

聪明的樵夫，应该是既善于砍柴，也善于磨刀的。

飞卫很看好这名年轻人，但是他并没有传授具体的射箭技巧，却要求纪昌必须学会目不转睛地盯住目标，他说：“当你能够做到盯紧任何一个目标，并且做到保持一炷香的时间内不眨眼睛的程度时再来

找我吧。”

虽然纪昌不理解老师的意图，但还是勤学苦练了两年。他每天天不亮就起床，一直练到半夜三更。当他练到即使锥子向眼角刺来也不眨一下眼睛的功夫时，他再次去向飞卫求教。

飞卫又进一步要求纪昌练眼力，标准是要达到将体积较小的东西能够清晰地放大，就像在近处看到一样，他说：“当你能把虱子看得像拇指那么大的时候，再来找我吧。”

纪昌谨遵老师教导，又回家苦练了三年，终于能将最小的虱子看成苍蝇一样大，于是再次向飞卫求教。飞卫却告诉他说：“年轻人，你的箭术已经学成了……”

纪昌张开弓，轻而易举地一箭便将虱子射穿。飞卫看后，对这个徒弟极为满意。再经过一番技巧的训练，纪昌终于成为誉（yù）满天下的神箭手。

缴（jiǎo）电话费的老妇人

一天，我去缴电话费，队伍排得老长，站在我前面的是一位头发花白的老妇人，看起来至少有60岁。

“请问您的电话号码是什么？”营业员问老妇人。老妇人脱口就说出一个电话号码。

营业员在电脑上点出之后，又问：“是叫李敏吗？”

老妇人说：“不是的，这是我儿子的名字！”然后她又说了一个电话号码，还是脱口而出，没有一点犹豫。那又是她女儿的电话，老人冥（míng）思苦想着，却怎么也记不起自己家的

1月29日

成就是谦虚者前进的阶梯，也是骄傲者后退的滑梯。

电话号码。后面排队的人开始不耐烦了，叽叽喳喳有些骚动。

可能是老妇人觉察到了后面的骚动，便转过身来，半是自言自语半是道歉地对大家说："没有记住自家的电话，老了，忘事啦。孩子家的倒是记住了，不打磕绊，主要是成天往他们家打，问问孙子和外孙的情况。"

她刚刚想走，好像又想起了什么，"刚才那两个电话缴费了吗？""没缴。"营业员说。"那我给他们缴了吧，省得他们再跑一趟。"于是老人歉意地一笑，缓缓掏出钱。这次，后面一片寂静。

父母对我们子女的爱是永远都不求回报的。

穿越雪山的同伴

有一天，辛格和一个旅伴穿越高高的喜马拉雅山脉的某个山口，他们在雪地里吃力地走着。雪地里的温度非常低，两个人只能相互取暖。忽然，辛格看到前面雪地里有一个人躺在那里，一动也不动，看样子像是被冻僵（jiāng）了。辛格想停下来帮助那个人，但他的同伴说："我们现在要想走过这座雪山都已经很困难，如果我们再带上他这个累赘（zhuì），我们就会丢掉自己的性命的。况且，说不定这个人已经死了还要背着他做什么呢？"听到这话以后，辛格觉得有点失望，但辛格不能想象丢下

1月30日

失去今天不只是失去一时，更是失去了明天的美好。

这个人，让他死在冰天雪地之中的情景，于是，他决定带这个人一起走。

当他的旅伴跟他告别时，辛格把那个人抱起来，放在自己背上。他使尽力气背着这个人往前走。渐渐地，辛格的体温使这个冻僵的身躯温暖起来，那人活过来了。

过了不久，那个人恢复了行动能力，于是两个人并肩前进。当他们赶上那个同伴时，却发现他死了——是冻死的。原来，辛格背着人走路加大了运动量，保持了自身的体温，和那个人一起抵御了寒冷。

黑色小山羊

一个农夫的家里养了三只小白羊和一只小黑羊，为了吃到新鲜的青草，四只小山羊经常一起到外面寻找吃的。那三只小白羊总有些得意洋洋，因为它们有着雪白雪白的皮毛，常常嘲笑小黑羊的皮毛太难看："你看那个家伙像什么？黑不溜秋的，像从锅底爬出来的一样。"

1月31日

时间是每一个人都可以花费的最昂贵的东西。

"依我看呀，像黑炭团。"

"像乞丐的黑棉袄，脏死了！"

每当听到这些话，小黑羊就会可怜兮兮地蜷缩在一旁，伤心地独自流泪。

初春的一天，它们一起出去游玩，不知不觉迷了路，离家

越来越远。更糟糕的是寒流突然袭来，下起了鹅毛大雪，它们躲在灌木丛中相互依偎（wēi）着……不一会儿，灌木丛和周围全铺满了雪，大地一片银白，它们更无法找到回家的路了。没有办法，它们只好挤作一团，等待农夫来救它们。

农夫发现四只小羊羔大半天都不在羊圈里，而且外面下着大雪，他便立刻上山去找，但四处一片雪白，哪里有羊羔的影子？农夫有些着急，担心那几只小山羊会被冻死。正在这时，农夫突然发现远处有一个小黑点，便快步跑过去。到那里一看，果然是他的四只小羊羔，那四个小家伙已被冻得奄奄（yǎn）一息了。农夫抱起小黑羊，对那三只小白羊说："多亏你们的黑兄弟，不然，你们都要冻死在雪地里了！"

夹在小面包里的金币

在一个小镇上，饥荒让所有贫困的家庭都面临着危机。小镇上最富有的人要数面包师卡尔了，他为了帮助人们度过饥荒，把镇上最穷的孩子们叫来，对他们说："以后你们每天都在这个时候来，每一个人都可以从篮子里拿一块面包。"

2月1日

你的思想决定了你的行为，你的行为决定了你的习惯。

那些饥饿的孩子争先恐后地去抢篮子里的面包，却没有一个想到要感谢这个好心的面包师。

有一个叫格雷奇的小女孩儿，每次都在别人抢完以后，她才到篮子里去拿最后的一小块面包，然后她总会记得亲吻面包师的手，感谢他为自己提供食物，然后并不吃那块面包，

而是拿着它回家。

第二天，可怜的格雷奇最后只得到了昨天一半大小的面包。她还是亲吻了面包师的手后，拿着面包回家了。当妈妈把面包掰开的时候，一个闪耀(yào)着光芒的金币从面包里掉了出来。妈妈让她把金币还给面包师。小女孩儿拿着金币来到了面包师家里说："先生，我想您一定是不小心把您的金币掉进了面包里，现在我把它给您送回来了。"

面包师微笑着说："不，孩子，我是故意把这块金币放进最小的面包里的。希望你永远都能像现在这样知足、文雅地生活，用感恩的心去面对每一件事。回去告诉你妈妈，这个金币是一个善良文雅的女孩儿应该得到的奖赏。"

有一种情，永远记在心底

都市的冬天很冷，她裹紧衣服走向邮局，拨响弟弟办公室的电话。

“姐，我刚发工资，寄了一些钱给你。”

2月2日

世界湿地日。湿地主要包括海域、河口、河流、湖泊和人工水面。

小时候的她有点霸道，经常欺负个子矮小的弟弟。即便是在她毕业后，被分在机关工作，她还常笑弟弟既不想考大学，也不知道出去闯闯，很没出息。

“要是我毕业了，无论如何都不会回那么偏远的小城。”她大言不惭地说。弟弟只笑笑，从不反驳。一年里，姐弟俩见面的机会很少，说话都没有时间，哪还有时间拌嘴。

弟弟带她去外面玩，挤车买票都是弟弟打冲锋，她只管空着双手跟在后面。

远在深圳的舅舅来给爸妈拜年。弟弟对舅舅说："我真想上大学，可我要供我姐读书，我姐很有才气，将来会有出息的。我也想去深圳闯闯，可我不放心爸妈，父母养大我们不容易……"

她躺在隔壁看书，听到弟弟的话愣住了，继而泪水顺着脸颊簌簌（sù）流下……

接到弟弟的汇款单，她跑到足球场大哭了一场，然后拨响弟弟的电话。

"姐，天冷了，你自己去买件厚点的衣服穿吧。"

弟弟的声音很近，仿佛只隔着一层窗纸。泪水再次涌出她的眼眶。

真希望时光能回到从前，那样的话她会加倍疼爱弟弟，做一个合格的姐姐。

点金术

从前，有一个很富有的美戴斯国王，他每天都要去宝库中看一看金子，他认为那是最美好的时刻。这天下午，国王照例来到宝库，突然一道光进来，变成了一个人的样子。

2月3日

使人失去快乐的不是困难和挫折，而是自信和努力。

陌生人环视宝库，说："这里的金子真多啊。"

"不多，我真希望我摸到的一切东西都能变成黄金。"

"好吧，明天早上我就会让你拥有点金术。"

国王躺在床上，激动得一夜没睡着。第二天大清早，国王就高兴地跳起来，在屋子里碰到什么，什么都变成了金子。

国王穿着金子做的衣服，来到花园里。他让许多花都变成了金花。

到了吃早餐时间，国王和女儿面前摆着咖啡（kā fēi）、面包和烧鱼。国王高兴地对女儿说："我会点金术了。"他刚拿起咖啡，咖啡变成了金子，又拿着面包，面包也变成金子。国王来到女儿面前，想让女儿喂他吃东西，但是他刚把手放在女儿的肩头，女儿也变成了金人。

国王伤心地大哭起来，说，"陌生人，快来救救我和女儿吧。"

陌生人说："你现在明白了金子不是世界上最宝贵的东西了吧？花园旁有条小河，用河水洒在施了点金术的东西上它就会变回原样了。"

国王赶快跳进河里，解除了自己的点金术，还让一切都变回了原样。

歌手与“驼(tuó)背”老人

有个歌手在没有出名前，非常不得志，没有一家唱片公司愿意帮他出唱片。他的生活非常艰难，连三餐(cān)都吃不饱，甚至还要靠父母与朋友救济。

有一天，当他正要经过十字路口时，一位老人挡住了他的去路，他的背驼得十分厉害，连站都站不稳。

“年轻人，你愿意帮助我走过这条马路吗？”

当时，他实在心烦意乱，对什么事情都提不起精神。他真想转头离去，不理睬（cǎi）这位老人。不过，他看这位老人实在很可怜，最后还是扶着老人的臂膀，

2月4日

节气：立春。春天就要开始了，白昼渐渐变长，天变暖和了。

穿过那条车水马龙的大街。

“你觉得好些了吗？年轻人！”老人微笑着问他。

“哦！是的……我想是的！”他不得不承认在帮助别人后，心里舒坦多了。

这时，老人突然挺直了腰杆，身子骨也变得硬朗了。年轻人结结巴巴地问：“老先生，您……”

“其实我健康得很，但刚才看到你一副愁眉不展的样子，我就决定要帮帮你。一个失意的人如果帮助那些比他处境更糟的人，这样他就会好过些，所以我就装扮成刚才这个样子了。”

“年轻人，不要有太多的忧虑！只要付出了，总会有收获。一切的不顺利都会过去的，上帝会对你很公平的！”说完，老人就消失在茫茫人海中了。

用微笑承受痛苦

二次大战期间，伊丽莎白·康黎女士在庆祝盟（méng）军北非获胜的那一天，收到了国防部的紧急电报：她的独生儿子在战场上英勇牺牲了。一听到这个消息，她昏死了过去。她实在无法接受这个突如其来的严酷事实，于是，她决定放弃工作，远离这个悲伤的地方，去一个陌生的地方开始新的生活，默默地了此余生。

2月5日

在快乐时，朋友会认识我们；在患难时，我们会认识朋友。

当她清理行装的时候，忽然发现了一封几年前儿子在到达前线后写给她的信："请妈妈放心，我永远不会忘记你

对我的教导，不论在哪里，也不论遇到什么灾难，我都会勇敢地面对生活，像真正的男子汉那样，能够用微笑承受一切不幸和痛苦。我永远以你为榜样，永远记着你的微笑。”看到这里，她热泪盈（yíng）眶，似乎看到儿子那双炽热的眼睛在深情地望着她，好像在说：“亲爱的妈妈，你为什么不照你教导我的那样去做呢？我虽然不在了，但你还要好好活着，还有那么多事情等着你去做呢？我相信妈妈你一定能勇敢地面对生活，用微笑把痛苦埋葬。从此开始新的生活。”

于是，伊丽莎白·康黎打消了背井离乡的念头，鼓起勇气勇敢地面对生活，用微笑去承受痛苦，开始新的生活。

瘫痪的小女孩

有一个小女孩，在她4岁时得了一场大病，幸运的是她的病医治好了，但不幸的是从此留下了后遗症——左腿瘫痪了。这也就是说，她从此都不可能像其他小朋友那样开心地蹦跳玩耍了。

2月6日

友谊需要忠诚去播种，热情去灌溉，原则去培养，谅解去护理。

母亲知道这个消息后，心里很难受，发誓要精心照顾女儿，让女儿复原，能和其他小朋友一样玩耍。从此，她陪着女儿每天锻炼走路，终于在小女孩8岁的时候，她可以通过腿上绑着钢板，与其他的同龄人一样跑步、跳远，而不用别人搀扶。

后来，在一次跳远的时候，钢板的连接处突然断了，并从腿上掉了下来，这时，她突然发现不用钢板自己也能跑步、跳远。小女孩十分高兴，懂得了付出就有收获的道理，只要自己坚信事情向好的方向发展，并鼓起勇气去战胜困难，那么事情一定会因今天的努力而变得更加美好。她感谢母亲，是母亲又一次给了她新的希望。于是在以后的练习中，她更加努力地锻炼。

最后她终于成为一名优秀的田径运动员，在国际比赛中多次取得冠军，为自己赢得了荣誉，也印证了“世上无难事，只怕有心人”这句话。

站起来就是成功

一位父亲很为他的孩子苦恼，因为他的儿子已经十五六岁了，可是一点男子汉气概（gài）都没有。

2月7日

国际声援南非日。南非是世界上唯一同时存在三个首都的国家。

于是，父亲去拜访一位禅（chán）师，请他训练自己的孩子。禅师说："你把孩子留在我身边，三个月后，我一定可以把他训练成一个真正的男人，不过，这三个月内，你不可以来看他。"父亲同意了。

三个月后，父亲满心希望来接自己的孩子。禅师于是安排了这个孩子和一个空手道教练进行一场比赛，以展示这三个月的训

练成果。教练一出手，孩子便应声倒地。他马上站了起来，继续迎接挑战，但马上又被打倒，他又站起来……就这样来来回回一共十六次。这时，禅师问孩子的父亲："你觉得你孩子今天的表现，够不够男子汉气概呢？"

父亲说："我简直快羞愧死了！想不到我送他来你这里训练三个月，你竟然让我看到这样的结果，他这么不经打，被人一打就倒。还有什么男子汉气概，我真后悔让他过来了。"禅师说："我很遗憾你只看到表面的胜负，而没有看到实质性的东西。你难道没有看到你儿子一次次倒下又一次次站起来的勇气和毅力吗？这才是真正的男子汉气概啊！"

其实，只要站起来的次数比倒下去的次数多一次，那就是成功。

面对打翻的牛奶

2月8日

让人忘记寒冷的不是棉被，而是心灵的阳光。

尤辉是个淘气的孩子。一天，他尝试着从冰箱里拿一瓶牛奶，但瓶子很滑，他不小心就让瓶子掉在了地上，溅（jiàn）得满地都是——像一片牛奶的海洋一样！他站在那里愣住了。

这时，他的母亲听到响声，赶紧来到了厨房，但她并没有对他大呼小叫，教训他或惩罚他，而是说："哇，我的儿子真棒，能制造出这样好的混乱，我几乎从没看过这么大的奶水坑。现在反正损害已经造成了，在我们清理它以前，你要不要在牛奶中玩几分钟呢？"

尤辉本想母亲会狠狠地批评他一番，可母亲这话一说，尤辉高兴地玩起来。几分钟后，他的母亲说：“你知道，每次当你制造了这样的混乱时，最后你还是得把它清理干净，让它物归原处。所以，你想这么做吗？我们可以用一块海绵、一条毛巾或一只拖把。你喜欢哪一种？”他选择海绵，于是，他们一起清理打翻的牛奶。

他的母亲说：“你知道，我们在如何有效地用两只小手拿大牛奶瓶上，你已经做了个失败的实验。让我们到后院去，把瓶子里装满水，看看你是否可以拿得动它。”尤辉不仅从中学到了怎么用双手拿住瓶子，而且还从中学会了对待事物的态度。犯错误并不可怕，我们要懂得从错误中吸取教训，学到知识。

保罗博士的实验课

杰克年纪虽小，却经常为很多事情而发愁。他常常为自己犯过的错误自怨自艾（yì），交完考卷后，半夜会睡不着觉，害怕考不及格。他总是想那些做过的事情和说过的话，后悔当初没有把话说得更完美。

2月9日

风雨过后是彩虹，危机过后是转机，红灯过后是绿灯。

一天早上有一堂实验课，这也是他们新学年的第一堂医学课。老师保罗·兰德威尔博士把一瓶牛奶放在桌子边上。大家都坐了下来，望着那瓶牛奶，不知道它和这堂实验课有什么关系。

过了一会儿，保罗·兰德威尔博士突然站了起来，把那瓶牛奶打翻

在水槽（cáo）里，然后大声说道："不要为打翻的牛奶而哭泣。"

然后他让所有的人都到水槽边，好好地看看那瓶打翻的牛奶。

然后，他对大家说，"我希望大家能一辈子记住这一堂课，这瓶牛奶已经没有了，无论你怎么着急，怎么抱怨，都没有办法再救回一滴。但只要你先加以预防，那瓶牛奶就可以保住。可现在已经太迟了——我们现在所能做到的，只是把它忘掉，注意眼前的事。"

是的，打翻了的牛奶是无法收回的，为什么要浪费眼泪呢？事情已经发生了，又能怎么样呢？无论你怎样后悔、遗憾（hàn）、埋怨都是没有任何意义的，都不能挽回过去的损失。所以，我们应该做的就是要记住这个简单的道理：不要为打翻了的牛奶而哭泣。

响指的美妙声音

小美第一次见黎枫时，他正打着响指，声音清脆悦耳。他只有一只右手，而且右手也仅有三根指头。

后来，小美才知道，他在九岁那年，因顽皮触碰到高压线，失去了左臂和右手的两根手指。一开始，他万念俱灰，后来在父母及老师的开导下，他才渐渐平复下来。

2月10日

国际气象节。1991年在法国巴黎附近举行了第一个国际气象节。

有一次，一个伤残人报告团来市里作报告，父母打算带他去听，以增强他的斗志。他很高兴。可第二天他又不快乐了，他问父亲："他们作报告时，我怎样鼓掌呢？"

父亲看着他的眼睛说:“三根指头也可以鼓掌呀!”那几天,他学会了打响指,听报告时,以打响指代替鼓掌。

有一次他和同学们讨论理想,有个同学站起来,两手握紧拳头大声说:“我要用自己的双手去拼搏,我想成为一个企业家!”他的眼睛立刻黯(àn)淡下来,他也想成为企业家,可自己没有双手。

回到家他一直闷闷不乐,在母亲的询问下,他讲了白天的事。母亲没说什么,转身出去了。忽然,一枚硬币从母亲手中落到地上,他忙跑过去,把那枚硬币拾起来,母亲握着那枚硬币说:“你看,拾起钱两根手指就足够了!”他一下子愣住了,心中的震撼是无法形容的。

他对小美说:“从那以后我就明白了,拼搏不只是用双手,更重要的是要有一颗健全的心!”

善意的“谎言”

一天，5岁的约翰（hàn）在大街上玩耍，被飞驰而来的卡车撞倒了。经过医生的全力抢救，命算是保住了，但双手和胳膊却都被截掉了。

2月11日

农历腊月二十三是"小年"，祭祀灶君，是春节庆祝活动的开始。

两年以后，约翰到了该上学读书的年龄。但是，由于肢体残疾，他被学校拒之门外。

每天早晨，约翰看着伙伴们高兴地去上学时，便十分伤感，他问妈妈：“我的胳膊和手都没了，怎么办呀？”妈妈拍拍孩子的肩膀，关切地说：“孩子，只要你坚持锻炼，你的胳膊和手还会再长出来的。”

于是在妈妈的帮助和指导下，他

开始了艰苦的锻炼，用脚洗脸、吃饭、写字，以及做一些在自己能力范围内的事。他坚信只要努力练习，失去的胳膊和手又会再长出来。

几年过去了，约翰发现胳膊和手还是没有长出来，他感到很疑惑，禁不住问妈妈："我的胳膊和手怎么还不长出来呢？"

这时，妈妈的眼神里充满了希望，温柔地说道："孩子，别人用胳膊和手做的事情，你不也都能做吗？"

"是的，我用脚代替了胳膊和手，而且有的事情比其他小伙伴用手做做得还要好呢！"约翰自豪地说道。

从此，约翰更加刻苦学习，最终考上了大学，并拥有了美满幸福的人生。

长着驴耳朵的王子

从前有个国王膝下无子。有一天，他在森林中散步，遇到了三位仙女，于是，他向她们诉说自己的苦闷，仙女很同情他，答应赐给他一个王子。

2月12日

时间对每个人都是公平的，但它会给把握它的人甘甜的蜜，给浪费它的人一杯苦水。

小王子出生时，三位仙女都来祝福他，第一位仙女祝王子英俊，第二位仙女祝王子有才智，第三位仙女觉得前两位的祝福已经太好了，于是给了他一对驴耳朵。

王子一天天长大，他的驴耳朵越来越明显，每天都要戴着帽子。但他的头发也越来越长，于是，国王聘请一位专职理发师住在皇宫里，专门服侍王子，并吩咐他要保守秘密。

过了不久，理发师因为心里藏有不能说的秘密而得了抑郁症，后来有人建议他到林中挖个坑把秘密说到坑里，再埋起来。理发师照办了，果然心情好多了，身体也随之好了。

但没过多久，那块地上长出了芦苇，有个牧童随手砍了一节做笛子吹，不料吹出来的曲子竟然是："王子长了驴耳朵……"没多久，全国都知道了。

国王知道这件事后，很生气，决定判理发师死刑。此时王子起身摘下帽子说道："父王，他说的是真话，就算我有驴耳朵，我相信我也能够治理好国家，当个好国王。"

结果王子的驴耳朵竟然奇迹般地消失了。原来仙女得知他并没有因为自己条件优越而骄傲之后，便取消了魔法，王子从此便与常人一样了。

获普利策奖的黑人记者

2月13日

理想是一道阳光，为你消除失败的阴影；理想是一眼清泉，为你滋润干涸的心田。

一位父亲带着儿子去参观凡·高故居，在看过那张小木床及裂了口的皮鞋之后，儿子问父亲："凡·高不是一位百万富翁吗？"父亲答："凡·高很穷，甚至连妻子都没娶上。但他却是一位伟大的画家。"

又过了一年，父亲又带儿子去了丹麦。到安徒生的故居前去参观，儿子又困惑地问："爸爸，安徒生不是生活在皇宫里吗？怎么他生前会住在这栋阁（gé）楼里？"父亲答："安徒生是位鞋匠的儿子，他一直生活在这里，但他却可以写出优美的童话。”

这位父亲是一个水手，他每年往来于大西洋的各个港口，他儿子叫伊东布拉格，是世界历史上第一位获普利策奖的黑人记者。

二十年后，伊东布拉格在回忆童年时，他说：“是父亲给了我今天的成就。那时我们不但很穷，而且还是黑人，父母都靠卖苦力为生。”

“从小我就很自卑，很长一段时间以来，我一直认为像我们这样地位卑微的黑人是不可能有什么出息的。是父亲让我认识了凡·高和安徒生，也是父亲让我认识了黑人并不卑微，通过这两个人的经历让我知道，上帝并没有轻看黑人。只要你努力付出，就一定会有收获。相信有一天，成功会属于你的。”

油灯的光芒

一名学生不爱说话，遇到不会的问题，总怕麻烦老师，所以总不敢去问老师问题。就这样，她的成绩越来越差。

2月14日

情人节，又称“圣瓦伦丁节”，起源于古代罗马，是与爱人一起过的节日。

幸运的是她遇到了一位好老师，这位老师非常细心，也很关心学生的学习和生活。经过一段时间和学生们的相处，她终于发现了这个现象，就过去询问她原因。

这个学生说：“老师，很抱歉。您给我的答案我又忘记了。我很想再次请教您，但想到我已经麻烦您许多次了，就不敢再去打扰您了！而且我觉得您很忙，我要一直去问您问题，麻烦您，您一定会不喜欢我的。”

老师想了想，微笑着对她说：“你怎么会这样想呢？这样，你先去点一盏（zhǎn）油灯。”学生照着做了。

老师接着又说：“再去多拿几盏油灯来，用第一盏灯去点燃它们。”学生也照做了。

这时老师又笑着对她说：“你觉得这几盏灯的光芒有什么不一样吗？其他几盏油灯都是用第一盏灯点燃的，第一盏灯的光芒有损失吗？”

学生回答道：“没有啊！”

老师接着对她说：“一个人的知识是有限的，只有与别人交流和讨论，知识才会有所提高。我和你们分享我所拥有的知识，我不但不会有损失，反而会获得更大的快乐和满足。所以，有问题的时候，欢迎你随时来找我。”

一把小刀

弗（fú）雷德捡到一把精致的小刀，他一直梦想拥有一把这样的小刀。尽管这并不是他的，但强烈的占有欲使他放弃了想要寻找失主的打算。

2月15日

不要沉湎于昨天，一切从今天开始，把握今天，等于掌握未来。

有一天，当他自豪地向汤姆展示那把精致的小刀时，汤姆怀疑地说："这把刀好像是佩里医生的。"

"你别瞎猜。"弗雷德马上反驳道。说实话他一点也没有因为得到这把刀子而感到高兴，却总是提心吊胆的，害怕有一天失主认出这把刀子。

在暑假结束前，弗雷德找到了佩里医生。

“这是您的刀子吗，医生？”弗雷德紧张地问，并把手中拿着的那把小刀递给佩里医生看。

“是的，”佩里医生回答，“但这把刀子已经丢失好多天了，我还以为找不到了呢，所以我又重新买了一把。”

“是我捡到了它，医生，”弗雷德说，“尽管我很喜欢，但它不是属于我的，我已经把它藏了好多天了，现在我要把它还给你。好了，我要出去玩了，再见。”

“等等！”医生叫住他，“你真是一个诚实的孩子。现在我已经有一把新的了，这把就送给你好了。”

“哦？真的吗？我这不是在做梦吧？谢谢你佩里医生，谢谢！”

弗雷德高兴极了，因为他再也不用提心吊胆地拥有那把刀子了。现在他可以名正言顺地向伙伴们展示这把精致的刀子了。

永远不要自以为是

在田野上，一只狗发现了一只正在觅食的野兔。狗一直视野兔为最好的猎物，这次也不例外，它奋力地扑了过去。

2月16日

谦虚是学习的朋友，自满是学习的敌人。

野兔感觉到了危险，开始惊慌失措地逃命，它的速度极快，一会儿就摆脱了狗的追赶。野兔一边跑一边为自己的速度陶醉："我虽然没有锐利的爪牙，身体也如此娇小，可是只要跑得速度快，就没有什么好怕的。"这么一想，野兔就更为自己的速度感到得意

了，一溜烟儿地朝自己家的方向冲去。

其实，聪明的狗并没有放弃自己的猎物。它根据以往的经验，野兔使尽全力在原野上绕了一圈之后，都会逃回到自己的洞穴里。因此，它事先就用敏锐的鼻子探察了野兔的洞穴，然后稍微追赶了一下野兔，就跑到那个洞穴后面躲起来等待野兔的出现。

果然，野兔在原野上绕了一大圈之后，就直接奔向自己的洞穴。可怜的野兔还没有反应过来，就被狗逮了个正着……

一只正在旁边树枝上晒太阳的山鸠，目睹了野兔被狗捕获的全过程，它轻蔑（miè）地说："野兔自以为跑得快，就可以无所畏惧了，真是愚（yú）蠢，也太没有自知之明了。跑得再快，也远远比不上我们鸟类飞得快啊！"

山鸠的话刚说完，一只老鹰如箭一般从天而降，用它锐利的爪子就抓住了它……

借粮度日的蚯蚓

秋天来了，蚂蚁四处寻找食物，准备过冬；而蚯蚓却懒洋洋地躺在那里睡大觉。

“蚯蚓老弟，你还不快起来，准备点儿食物过冬？”蚂蚁推醒了蚯蚓。

2月17日

农历一年的最后一个晚上是除夕，因为常在腊月三十，也叫做年三十。

“哦，蚂蚁大哥，过冬还早着呢！”蚯蚓说完，揉了揉眼睛，又准备躺下。

“可是，你去年冬天从我那里借了一碗粮食，许诺今年秋天还给我的，现在秋天都

快过去了，你什么时候还我粮食啊？”蚂蚁问道。

“这个……这个……这样吧，在今年冬天下第一场雪前，我一定还给你。”

“那好，别忘了。”

“知道了，知道了。”蚯蚓说完，把蚂蚁推出门，又是倒头大睡。

下雪了，蚂蚁一点儿也不担心，因为它已经准备了足够多的食物过冬。可是蚯蚓怎么样了呢？它不是说过下第一场雪前要还给我粮食的吗？

咚……咚……咚，门被敲响了，“谁呀？”蚂蚁喊道。

“我……是我……蚂蚁大哥，请开开门。”门外，又冷又饿的蚯蚓缩成了一团。

“是不是还我粮食来了？”蚂蚁边想边开了门。

“我现在又冷又饿，求你再借点粮食给我……”

“我以为你是来还粮食的呢，想不到你还想借。你还是走吧，我再也不敢借给你粮食了。”

“求你看在朋友的分上……”

“你这么懒惰，还不讲信用，要我怎么和你做朋友呢！”蚂蚁说完，关上了大门。

冻住尾巴的狐狸

这一年的冬天比往年都要冷，村边的小河上结了厚厚的冰。全村人都是从这条河打水做饭、洗衣服的。所以全村的人轮流来把冰凿开，保证随时都可以取到水。

2月18日

节气：雨水。天气开始回暖，降雪减少了。

一个寒冷的清晨，口渴的狐狸也跑到村边的冰窟窿旁边来饮水。不知是粗心大意，还是命里注定，狐狸的尾巴尖弄湿了，并冻进了冰窟窿里。

事情本来很好办，只要

稍稍使劲拽（zhuài ）一下尾巴，哪怕掉下一二十根毫毛，狐狸就能在人来之前，轻松脱身了。可是狐狸舍不得自己的尾巴，这尾巴多么浓密、蓬松、金光闪亮。

不，不能毁了自己漂亮的尾巴。不如再等一等——人们都还在睡觉呢，说不定一会儿气温会回升，冰雪融化，这样，尾巴就能从冰窟窿里解冻了。这样想着，狐狸开始等呀等呀，可尾巴却越冻越牢。

天色逐渐亮了起来，人们起床开始活动了。这时可怜的狐狸才慌张起来，拼命挣扎，但就是不能从冰窟窿里脱身。

幸好这时一只狼跑了过来。狐狸看到了希望，连忙大喊："亲爱的朋友，快救救我，我快没命啦！"狼停下脚步，打算救出朋友。狼的办法十分简单：它一口咬断了狐狸的尾巴。断了尾巴的狐狸，撒腿跑回了家。它暗自庆幸，身上的皮毛总算完整，没有受到损伤。

飞蛾出茧

一天早晨，一个人看见树上一只飞蛾的虫茧开始活动，他就耐心地在旁边观察。

飞蛾在茧里奋力挣扎，但是还不能挣脱，似乎没有出来的可能了。

2月19日

时间是构成生命的材料，浪费时间，就是在践踏生命。

于是，这个人的耐心用尽了，他拿出一把小剪刀，把茧上的丝剪出一个小洞，让飞蛾较容易挣脱出来。果然，一会儿飞蛾就爬出来了，可是它的身体出奇地臃（yōng）肿，

翅膀也萎缩了，显得很异常。

那只飞蛾非但不能飞翔，而且没有蝴蝶的轻盈和美丽。它在草叶上痛苦地挣扎了一会儿就死了。这个人好心帮助飞蛾，最终却害了飞蛾。他不明白为什么会这样，于是找到生物学家，生物学家对他说，飞蛾在作蛹之时，翅膀萎（wěi）缩不发达，出茧时，必须经过一番挣扎，身体中的体液方能流到翅膀上去，两只翅膀才能在空中有力地飞翔。

其实，有些艰辛的过程可以帮助一个人真正成长。过于急切的爱心反而会起相反的作用。任何事物都需要一个过程，只有经历了这些痛苦的过程，它才能更好地成长。

有时在旁边耐心地守望，胜于代替别人努力的过程。“神赐我们核桃，却不会帮我们打开它。”如果你正处在一个挣扎的过程中，请多一点毅力和坚持吧！这个必要的过程将引领你迈向成功之途。

叛变的蝙蝠

从前，在一片茂密的大森林里，住着许多可爱的动物，有兽类和禽类，它们经常一起玩耍，日子过得很开心。有一天，禽类和兽类因为一个小误会，打起架来，这样一来，整个森林里的禽类和兽类都成了敌人。

2月20日

心态积极的人像太阳，照到哪里，哪里都是亮的。

但是，身为兽类一员的蝙蝠却因私心而保持中立，它心里想：“我才不傻傻地跟着打打杀杀呢！哪边获胜了，我就加入哪边。”

不久，禽类凭借空中优

势，渐渐占了上风。

蝙蝠急忙飞过来，对鸟儿们说："胜利了！我们胜利了！"鸟儿们奇怪地说："蝙蝠，你不是兽类吗？怎么跑来这里欢呼胜利呢？"

"误会！纯属误会！我是禽类啊！不信，大家请看看我的翅膀！你们谁见过兽类有翅膀的？我有翅膀，所以我是鸟。"于是，蝙蝠站到了禽类这一边。

可没过多久，兽类又占了上风。蝙蝠一看，又急忙从禽类的队伍里跳了出来："你们瞧，我有牙齿，所以我是名副其实的兽类啊。"说完又加入了兽类的队伍。

后来，禽类和兽类消除了误会，又和睦相处共同生活在大森林里。然而，不论是禽类还是兽类，都不承认蝙蝠是自己的同类。

蝙蝠睡觉的姿势很特别，它是头朝下倒挂着睡觉的。知道为什么吗？原来是它觉得自己做了不对的事情，感到羞愧，不好意思再面对大家了。

酿酒法传说

从前，在一个小山村里，有两个兄弟在一次上山的途中，偶然与神仙邂逅（xiè hòu），神仙授他们酿酒之法，叫他们把在端午节那天收割的米，与冰雪初融时高山流泉的水来调和，并注入千年紫砂土铸成的陶瓮（wèng ）中，再用初夏第一张看见朝阳的新荷叶覆盖系紧，密封七七四十九天，直到鸡叫三遍后方可启封。

他们历尽千辛万苦，跋涉了千山万水，终于找齐了所有的材料，各自把米和水调和密封，然后

2月21日

国际母语日。始于 2000 年，为促进语言的多样化，联合国教科文组织确立。

开始潜心等待那出酒的时刻。

多么漫长的等待啊，这的确是一个非常漫长的过程，兄弟两个在漫漫长路的终点终于触手可及，第四十九天到了。两人整夜都没有睡着，等着鸡鸣的声音。

远远地，传来了第一遍鸡鸣。过了很久很久，才响起了第二遍。第三遍鸡鸣到底什么时候才会来？其中一个再也等不下去了，他迫不及待地打开了陶瓮，他惊呆了——里面的水，像醋一样酸，又像中药一般苦，他把所有的后悔加起来也不可挽回。他失望地把它洒在了地上。

而另外一个，虽然欲望如同一把野火在他心里燃烧，让他按捺不住想要伸手，但他却还是咬着牙，坚持到了第三遍鸡鸣响彻天空。

“多么清澈醇香的酒啊！”他终于品尝到了自己亲自酿造的酒。

王者之风

一天，林中动物选出的代表——猴子在召集大家开会，它要求大家做出一项决定："森林里有三只狮子，我们应该服从哪只狮子，拜谁为王呢？"

2月22日

吹嘘自己有知识的人，等于在宣扬自己的无知。

动物们在激烈讨论之后做出决定："让三只狮子比赛爬山，第一个登上山顶者为王。"

全体动物都去观看这场爬山比赛。第一只狮子往山上爬，爬到一半就下山了；第二只狮子往山上爬，爬到一半也下山了；

第三只狮子拼命往山上爬，但是山实在是太高了，尽管它用尽了全力，也没能登上山顶。于是，动物们一筹（chóu）莫展了，开始议论纷纷，到底该选哪只狮子当王呢？这时一只经验丰富的老鹰说话了："我知道应该拜谁为王。"

老鹰说："狮子爬山时，我在天上飞翔，听到了它们对大山说的话。第一只狮子说：'大山，你赢了。'第二只狮子也说：'大山，你赢了。'只有第三只狮子说：'大山，你现在暂时赢了，但是你已经不能再长高了，而我还要继续成长，等过一段时间，我一定会征服你的。'"

老鹰最后说："三只狮子的区别在于第三只狮子有王者的风范，因为它在失败时不灰心丧气，困难虽大，但它的精神凌（líng）驾于困难之上，只有它配称为狮王，也只有它配做百兽之王。"在动物们的欢呼声中，第三只狮子被拜为林中之王。

盲人手中的灯

在一个漆黑的夜晚，苦行僧走到了一个荒僻（pì）的村落中，漆黑的街道上村民们络绎不绝地默默地你来我往。

2月23日

学问渊博的人，懂了还要问；学问浅薄的人，不懂也不问。

苦行僧转过一条巷道，他看见有一团昏黄的灯光从巷道的深处静静地飘移出来。身旁的一位村民说："瞎子过来了。"

那灯笼渐渐走近了，昏黄的灯光从深巷游移到了苦行僧的鞋上。百思不得其解

的苦行僧问："敢问施主真的是一位盲者吗？"那挑灯笼的盲人告诉他："是的。"

苦行僧又问："既然你什么也看不见，那你为何挑一盏灯笼呢？"盲人说："现在是黑夜，我听说在黑夜里没有灯光的映照，满世界的人都和我一样变成盲人，所以我就点燃了一盏灯笼。"

苦行僧若有所悟地说："原来你是为别人照明呢？"但那盲人却说："不，我是为我自己。"

盲人缓缓向苦行僧说："你是否因为夜色漆黑而被其他行人碰撞过？"苦行僧说："是的。"盲人听后说："但我就没有。虽说我是盲人，我什么也看不见，但我挑了这盏灯笼，既为别人照亮了路，也让别人看到了我，这样，他们就不会因为看不见而碰撞我了。"

苦行僧听了，仰天长叹说："我天涯海角奔波找佛，没有想到佛就在我的身边，原来佛性就像一盏灯，只要我点燃它，即使我看不见佛，佛也会看到我的。"

轮椅上的撕画家

台湾棉纸撕画家温鹏弘儿时患了重度脑性麻痹（bì），无法站立行走，从出生一直到十四岁以前都是过着在地上爬行的生活。十四岁以后，他才拥有了第一辆轮椅代步行走。

2月24日

第三世界青年日。大型宗教活动，全球各地的青少年聚在一起，祈祷世界和平。

虽然人生如此坎坷，但他却从未向命运低过头，他不屈不挠、奋发向上，曾经荣获“终生学习楷（kǎi）模奖章”。

由于比别人失去了很多正常的生理功能，因此他从

小就刻苦自学，还想办法克服语言发音的障碍。刚满二十八岁那年，他就以口试的方式正式通过了小学学历鉴定。现在，他仍然坚持顽强的自学，目前已达到了高中的教育水平。

他三十岁时才开始学习棉纸撕画创作，起初他以为只是将彩色纸撕碎、搓揉，然后贴在画纸上而已，学起来应该很容易，可是等到深入钻研以后，才发现并不是想象中的那么简单。但是他没有放弃，而是凭着爬行了十四年的顽强意志，自创了温馨（xīn）工作室，专门研究撕画。

后来他还多次到学校演讲，给孩子们作报告，将自己人生奋斗的经验和他们共同分享。

他常常鼓励年轻人说："不要放弃自己，不要放弃热爱生命，我辛苦爬行十四年都没有放弃，你们碰到一点挫折又算什么？我可以做到的，大家一定也可以做到。"

决定成败的0.5毫米

电话机是谁发明的？恐怕很多人会异口同声地说出美国发明家贝尔这个名字。不过，在贝尔之前，还有一位发明家曾为研制电话机做出过不小的贡献，他就是莱斯。

2月25日

如果你认为你行，你就一定能行。

在贝尔发明电话之前，莱斯曾经研究过一种传声装置，即用电流传送音乐，和现在的电话十分相似，可惜的是这种传声装置不能用来传送话音，无

法使人们相互交谈。莱斯研究过的这种传声装置之所以不实用，除了其他原因之外，一个至关重要的原因是这种装置里的一颗螺（luó）丝钉往里少拧了1/2 圈——大约 0.5 毫米。

贝尔在莱斯研究的基础上，一方面采取了新措施，例如不使用间断的直流电，改为使用连续的直流电，从而解决了传送时间短促、讲话声音多变等问题；另一方面贝尔将莱斯装置里的那颗螺丝钉又往里拧了 1/2 圈。

莱斯的疏忽被贝尔发现并纠正了，奇迹也随之出现：不能通话的莱斯装置神话般地变成了实用的电话机，贝尔也就成了电话的发明者，而不是莱斯。

失之毫厘，谬（miù）以千里。成败只差 0.5 毫米。

贝尔的改进使莱斯目瞪口呆。莱斯感慨万千地说："我在离成功仅 0.5 毫米的地方停滞不前了，我将终生记住这个教训。"

黑石子变成了白石子

明朝末年，有一位商人，欠了一位高利贷主一笔巨款，却无力偿还。那个又老又丑的高利贷主看上了商人的女儿，想要商人用女儿来抵债。

2月26日

汗水和丰收是忠实的伙伴，勤学和知识是一对最美丽的情侣。

商人和他的女儿听到这个消息都十分恐慌。狡猾的高利贷主说，他将在空钱袋里放入一颗黑石子、一颗白石子，然后让商人女儿伸手摸出其一，如果她拣中的是黑石子，她就要成为他的妻子，商人的债务也不用还了；如

果她拣中的是白石子，她不但可以安全地留在父亲身边，而且债务也一笔勾销。但是，如果她拒绝这种方法，那她的父亲就要入狱。

商人的女儿不得不答应他。当时，他们正走在花园中铺满石子的小路上，高利贷主随即弯腰拾起两颗小石子，放入袋中。少女察觉到：高利贷主拾起的两颗小石子全是黑色的！少女一言不发，冷静地将手探入袋中，摸出一颗石子。突然，手一松，石子便顺势滚落在路边的石子堆里，分辨不出刚才摸到的是哪一颗了。

“唉！看我笨手笨脚的！”女孩解释说，“不过，没关系，现在只需看看袋子里剩下的这颗石子是什么颜色，就可以知道我刚才选的那一颗石子是黑是白了。”

当然，袋子里剩下的石子一定是黑色的，狡诈的高利贷主既然不敢承认自己的诡（guǐ）诈，就只好承认她拣中的是白石子了。

皮鞋的来历

在很久很久以前，人们无论是在家还是出门都是光着脚的，因为那时还没有鞋。有一位国王到一个偏远的乡间旅行，不料那里的路面崎岖（qí qū）不平，路上铺满了大大小小的石子，他走在上面，不时地踩到尖石块儿，不久，他的脚被刺得又痛又麻，叫苦不迭。

回到王宫后，国王想了许久，怎样才能使人们的脚免受痛苦呢，琢磨（zuó mo）了半天，他灵机一动，

2月27日

友谊真是一样最神圣的东西，不仅值得特别推崇，而且值得永远赞扬。

想出了一个好办法。于是，他下了一道圣旨：将所有道路都铺上一层牛皮。他认为这样做，不只是为自己，还可造福他的人民，让大家走路时不再受刺痛之苦。

但这样即使杀尽国内所有的牛，也筹不到足够的皮革，而所花费的金钱、动用的人力，更无法计量。

这时，一个仆人大胆地向国王提出建议："国王陛下，我有一个办法，既不需要您兴师动众，牺牲那么多头牛，也不需要花费那么多金钱。"国王忙问："是什么办法？""用两片牛皮包在您的脚上不就再也不会被刺痛了吗？"仆人说道。国王听了很惊讶，于是他立刻收回命令，采用了这个建议——这就是皮鞋的由来。

随机演戏的卓别林

卓别林是一位世界级的幽默电影大师，他一生中曾经出演了很多无声的喜剧电影，给世界各国人民带来了欢笑，受到很多国家人民的喜爱。民间有关卓别林的轶事有很多，下面就是一个真实的故事。

2月28日

世界居住条件调查日。由联合国制定，目的是推动政府重视人们的居住条件和环境。

一天夜里，卓别林带了一笔钱回家。在经过一段小路时，树后突然闪出一个彪形大汉，拿着手枪对着他，恶狠狠地大吼："不许动，动一下就开枪打死你！现在交出身上所有的财物，动作快点。”说罢，那人还十分不耐烦地催促着。

面对着黑洞洞的枪口，卓别林故意装作很害怕的样子，他全身打着哆嗦（duō suō），说道：“我说先生，我是有一些钱，但……但……但都是我老板的，请帮个忙吧，朝我帽子上打两枪，这样回去他才肯相信我，我回去也好有个交代。”

强盗一句话也没说，把他的帽子拿了过去，照着上面就是两枪。

卓别林又说：“你再向我裤脚打两枪吧，这样就显得更加逼真，老板也就不会怀疑我了。”

强盗显得很不耐烦，拿起裤脚又打了两枪。

卓别林再次对他说：“请再朝我的衣襟（jīn）上打几枪吧。”强盗骂着：“你这个胆小鬼，真他妈的事多……”

强盗再次扣动扳机，但这次枪没有响。

卓别林一看，知道子弹用完了，便飞快地跑掉了。

天下第一木匠

有一天，一个国王突然想从两个杰出的木匠之中选出一个最好的木匠。于是他让他俩比赛，谁赢了就封谁为“天下第一木匠”。

3月1日

国际海豹日。海豹是稀有动物，人类的滥捕乱猎和海水污染威胁着它们的生存。

比赛时，他们都把自己雕（diāo）刻好的老鼠交给了国王。国王把大臣召集到王宫，让他们一起来评审。

第一个木匠的老鼠活灵活现。眼珠子转来转去，胡须也能抖动。

第二个木

匠的老鼠远看还有点老鼠的模样，近看怎么也不像老鼠。

胜负立马就分了出来，国王和大臣们一致判定第一个木匠获胜。第二个木匠却说："陛下的评审不公平。"

国王问："怎么不公平了？"

第二个木匠接着说："要判定谁雕的老鼠更像真的老鼠，应该由猫来决定。"

国王觉得第二个木匠说得很有道理，就派人去抓了几只猫来。

没想到，猫刚被放到地上，就都不约而同地扑向那只不像老鼠的"老鼠"，一个劲地啃咬。然而，却没有一只去光顾那只很像老鼠的"老鼠"。

国王觉得不可思议，但是事实摆在面前，他只好封第二个木匠为"天下第一木匠"。

但是国王想弄个明白，于是问第二个木匠："你是怎么让猫认为你雕的老鼠是真老鼠的？"

第二个木匠说："我只是没用木头而是用鱼骨雕的老鼠。猫在乎的只是腥（xīng）味啊！"

猫和老鼠

有一只十分厉害的猫，是老鼠的克星。当它看到老鼠躲在洞里不敢出来觅食时，就把自己倒吊在房梁上装死。看到猫的这种可怜相，老鼠还以为它是偷吃了主人的烤肉或奶酪（lào），再不就是抓伤了人或闯了祸，遭到吊起来的惩罚。

于是，所有的老鼠都从洞里出来了，准备为猫的死亡而庆贺。开始老鼠还只是试探性地伸出鼻子，露出小脑袋，然后再

3月2日

春天如同父母博大的胸怀，带来一片暖暖的爱，每个人都陶醉其中。

缩回窝去，渐渐地它们试探着走出来几步，看猫还是在那儿纹丝不动，便伸伸懒腰开始四处寻找东西吃了。

就在这时，装死的猫复活了，它脚一落地便按住了几只动作迟缓的老鼠。

“我的计谋可多了，这是个传家宝，你们藏得再深也无济于事，到头来都只能成为我的腹中之物。”果然预言应验了，狡猾的老鼠上当了。

又有一次猫把白粉涂满全身，连脸上也不例外，打扮收拾停当，缩成一团藏在一个打开了盖的面包箱内。由于伪装得巧妙，小心翼翼的老鼠又撞到门前来送死了。只有一只曾从猫口逃生而丢掉尾巴的老鼠，见多识广，足智多谋。“这团面粉再好我也不能要，我怀疑这里面有什么名堂，不要说你装成面粉，你就是装成奶酪，我也不会中你的圈套，你休想！”

这只老鼠自言自语地说完，便跑开了。

曹冲称象

东汉末年，各方起义不断，又加上献帝无能，朝廷已经名存实亡了。大权逐渐落入了曹操手里。由于曹操战绩显著，从一开始的将军升任至丞相，后来又封为魏公，最后献帝封曹操为魏王，地位仅次于献帝一人之下。

东吴的孙权害怕有朝一日曹操率兵攻打他，以报火烧赤壁之仇，于是就臣服了曹操。

为讨好曹

3月3日

全国爱耳日。耳朵是我们人体的重要器官，我们应该认真爱护它。

操，孙权送给曹操一头大象。由于这种动物只有在南方热带地区才能见到，中原一带的人从来没有见过这样的庞然大物，所以这头大象让曹操感到非常稀奇。他欢喜地看着这只大象，“它的脚这么粗，鼻子那么长，它到底会有多重呢？”大家都知道，平时称东西时，都是用秤称，可是当时没有能称这样重量的大秤，怎么办呢？曹操召集文武百官共同商议，大臣们绞尽脑汁也想不出任何办法。

这时，曹操六岁的小儿子曹冲从人群中钻了出来，他对曹操说：“父王要称这头大象的重量，这有什么难的？先把大象牵到木船上，水在船帮上淹到哪里就在哪里刻个标记，然后把大象牵走，抬石头到船上，直到水可以淹到刚才的标记，再把石头一块一块地过秤，最后加到一起不就可以算出大象的重量了吗？”

曹操听罢，对曹冲赞不绝口，连忙命人照着儿子说的办法去做。

半文钱的官司

清朝时，枝江县有个自以为是的县官，总觉得自己聪明绝顶，没有任何人能比得上他。有一回他无意中听别人说杜老幺聪明机智，能言善辩，深得广大民众的赞赏和敬佩，心里很是嫉妒（jí dù），一心想整治他一下，以显示自己的才智在他之上。

3月4日

每年的农历正月十五是元宵节，是一年的第一个月圆之夜，又叫"上元节"。

有一天，县太爷命人把杜老幺找来，不屑一顾地说："大家都说你聪明机智，本县今天倒想试试你到底有多大的能

耐，你敢跟本县打官司吗？”

杜老幺说：“县官老爷，要是跟您打官司，就必须得赶往荆州府，我孤身一人，连半文钱都没有。没有盘缠，没有粮食，路途遥远，我怎么能够上路呢？”县老爷见他神色黯（àn）然，毫无斗志，灰心丧气，以为是他没有胆量跟自己较量而故意找的借口，心中暗自高兴。随即笑眯眯地说道：“你有半文钱就敢上路吗？那好，来人哪，斩半文钱给他！”手下马上就把一文铜钱斩成两半。

杜老幺接过半文钱后立即就上路了。到了荆州府，杜老幺状告枝江县县太爷：“他身为百姓父母官，竟然将乾隆通宝劈为两半，如此目无王法，胆大包天，即使不斩也应该先撤官！”

那县太爷还在县衙（yá）内自鸣得意呢，直到此时都不知道已经上了杜老幺的当。

一个豆荚里的五粒豆子

一个豆荚（jiá）里有五粒豆子。豆荚成熟后，在阳光下裂开，五粒豆子都跳到了地上。这时，一个小男孩拾起这五粒豆子。

男孩拿着气枪，把豆子当成了子弹。第一粒豆子在空中欢呼着：“我飞到广阔的天空中了！”

砰的一声，第二粒豆子也飞上天了，“我要飞到太阳里面去！”豆子高呼着。

第三粒和第四粒豆子也飞上了天空，它们要到空中领略大自然的美丽。

第五粒豆子说：“我要落在一个

3月5日

学雷锋纪念日。雷锋无私奉献的高尚品格值得我们每一个人学习。

可以给人解除痛苦的地方。”它在空中飞了一会儿，落在了窗户边的破花盆里。

这是一个贫穷的家庭，只有妈妈和一个女儿。春天，女儿生病了。女儿多么希望妈妈能陪着她啊！可是，妈妈每天都要去干很多活，才能赚钱给女儿看病。

小女孩突然发现花盆里多了一个黄色的小芽。“多么可爱啊，你能来陪我真好！”小芽虽然不能说话，但它感受到了小女孩的开心。

妈妈把床搬到了离窗户更近的地方，小女孩高兴地说：“我每天可以和小苗说话，我的病一定会好的。”

小苗长高了，妈妈给它搭了个木架。小女孩的病也一天天地好起来了。

不久，豌豆开花了，小女孩高兴地亲吻着小花瓣（bàn），她的病全好了。

第五粒豆子完成了它的心愿。其他豆子都被鸟儿吞进肚子了。

快乐秘诀

一个小女孩路过一片草地，看见一只蝴蝶被荆棘（jīng jí）弄伤了，她小心翼翼地为它拔掉刺，然后把它放在手掌上，轻轻地说：“美丽的蝴蝶，飞吧！飞到大自然中去吧！”它扇动翅膀，飞向了大自然。

3月6日

节气：惊蛰。春雷乍动，惊醒蛰伏在土壤中冬眠的动物。

后来，蝴蝶为了报答小女孩的救命之恩，化作一位美丽的仙女，她对小女孩说：“因为你是一个仁慈的孩子，请你许个愿，我将让它实现，不管你许的是什么愿望。”小

女孩想想说："我希望得到一生的快乐。"于是，仙女弯下腰在她耳边悄悄细语一番，然后消失了。小女孩得到仙女所说的快乐的秘诀，后来果真快乐地度过了一生一世。

那位仙女给小女孩的快乐秘诀是什么呢？"身边的每个人，都需要你给予爱心。"她说。

垂钓蝴蝶

有个七岁的小女孩，总不肯跟父母去郊外钓鱼。她说："爸爸，我不能去钓鱼，因为我一看到滴血的鱼就心疼，我不忍心看它们。"

3月7日

鸟儿在繁花嫩叶当中，呼朋引伴地卖弄清脆的歌声，把整个春天都唱明亮了。

妈妈对她说："那我们若是去钓鱼了，家里就会只剩下你一个人了。"

"我宁愿一个人在家，也不跟你们去钓鱼。"小女孩坚持说。

又是一个周末，邻居听见小女孩的哭声，原来她还是不愿意一同去钓鱼，被父亲打屁股了。

当邻居午睡后下楼活动时，看见小女孩在她家三楼的阳台上，挥动着一根渔竿在垂钓。

邻居很好奇地走过

去，仰头问她在干什么。

小女孩高兴地告诉邻居：她钓了一只蝴蝶，而钓饵是一朵美丽的玫瑰花。

其实，她也喜欢垂钓，但她不忍心看到尖锐的鱼钩刺破鱼儿的嘴，所以才选择用一朵花做诱饵(ěr)。当然，这只能吸引些蝴蝶或小蜜蜂，但这已令她十分满足。

邻居为小女孩的那颗温柔之心感动了，仰头看小女孩时，阳光斜斜地照在她脸上，看上去像小天使一般动人。

其实，美丽和善良本是同一回事。

人生的一等功夫

一个12岁的女孩回家了，高兴地对妈妈说："妈妈，我又考了第一名！"边说边像其他小朋友一样，蹦蹦（bèng）跳跳地冲妈妈跑过去。谁知道妈妈却对她指了指脚下，说："轻点儿！"

她不明白为什么，就问妈妈："为什么我们在屋里走动时，你总要让大家轻点儿轻点儿，总像怕踩到地雷似的？"

妈妈笑了，温柔地摸着女儿的头说："你忘了？咱们楼下不是也住着一户人家吗？要是我们脚步太重了，会

3月8日

国际劳动妇女节。世界各国妇女争取和平、平等和发展的节日。

影响到他们的。”

女孩忽闪着一双大大的眼睛，对妈妈说：“妈妈，虽然我明白你的意思，但是，我们在自己的家里该轻松地生活啊！”

妈妈挺认真，接着向她解释说：“咱们家的地板是楼下张爷爷家的天棚，咱们走路声音大了，爷爷奶奶会受不了的。”

女孩撅（juē）着小嘴，继续问：“那么，为什么咱们家楼上的那家不这样想？他们总把声音弄得很响，有时候还吵得影响我学习呢！”

妈妈说：“乖女儿呀，咱们楼上有一个三岁的小弟弟，他要长大，蹦呀跳呀的，需要运动。你呢，就稍稍谅解一下吧！”

女孩的小嘴撅得更高了：“那么，说来说去，最受委屈的就该是咱们家了吗？这不公平！”

妈妈更认真地说：“你知道吗？能为别人着想，是人生的一等功夫。”

长得最好的树苗

有个小男孩，患脊髓（suǐ）灰质炎后变成了瘸（qué）腿，还留下参差不齐且突出的牙齿。他认为自己是世界上最不幸的孩子，因此很自卑。

3月9日

春天，花儿在绽放，芬芳四溢。燕儿飞来，在柳枝间嬉戏、穿梭……

春天来了，小男孩的父亲买回一些树苗，叫孩子们栽种，并对他们说，谁栽的树苗长得最好，就给谁买一件礼物。小男孩也想得到礼物，可是想到自己的残缺，就没有坚持下去。

过了几天，小男孩惊奇地发现他栽的那棵树不仅没有枯萎（wěi），而且还长出了几片新

叶，与兄妹们栽种的树苗相比，显得更有生气。

父亲买了他最喜爱的礼物，还说，从他栽的树来看，他长大后一定能成为一个出色的植物学家。于是小男孩不再自卑，渐渐变得乐观起来。

这天晚上，月色皎洁。小男孩躺在床上怎么也睡不着，忽然想起生物老师曾说过的话：植物一般都在晚上生长，去看看自己的那棵小树是怎么生长的？当他轻轻地来到院子里时，却看见父亲在向自己栽种的那棵树下泼洒着什么。他一切都明白了，原来父亲一直在暗地里为自己栽种的那棵小树施肥！小男孩看着父亲，泪水不知什么时候已流出眼眶……

那瘸腿的小男孩最终也没有成为一名植物学家，但他却成了美国总统。他的名字叫富兰克林·罗斯福。

趴在椅垫上的孩子

春天到了，雷声阵阵，灰蒙蒙的天空飘飘洒洒地下着细雨。

一辆红色机车朝便利店的方向行驶过来，车子停下来，远远飘来一个亲切的声音。

“好儿子，现在妈妈要去便利店给你买好吃的东西，你在这里等着妈妈，哪儿也不要去，乖乖坐好不要动啊！”

不一会儿，她提着大大小小的手提袋走出来，刚走到店门口便看见自己的孩子整个人懒洋洋地趴在机车椅垫上，

3月10日

春天到了，我们到郊外踏青去。我将风筝放向天空，同时也放飞了心情。

很是危险。于是，她便大声呵（hē）斥着说："儿子，你趴在上面干吗？我刚刚叫你坐好的！"

孩子看到妈妈满载而归，很是高兴，听到妈妈的话，他立刻挺身坐好，丝毫不理会妈妈强硬的口气，而是笑眯眯地说："妈妈，你看我多聪明，我趴着用身体盖着座位，雨就淋不上去了，现在你坐上去，裤子一定不会湿乎乎的。"他那清脆的童音嫩嫩的，在空气中激荡，妈妈心中猛地一颤（chàn），儿子那得意的表情，一直回荡在她的眼前。

路上，她骑着车，后面的孩子紧紧地抱着她。她反复地想："真的好感动，没想到这个孩子年纪这么小，竟这样懂事。我没时间陪他玩，只会算学校给他几朵红花，他一定觉得妈妈好坏……"

孩子在后头，抱着妈妈，抱得好紧好紧。

先把鹅卵石放进瓶子

一天，教授在桌子上放了一个盛水的瓶子，然后又从桌子下面拿出一些大块的“鹅卵石”。教授把这些石头全部放了进去。然后问道：“你们说现在这个瓶子是不是满的？”

3月11日

国际尊严尊敬日。

“是！”所有的学生异口同声地说。

“真的吗？”教授笑着又问。

然后他又拿出一袋碎石子，把碎石子从瓶口倒下去，再问学生：“这瓶子现在是不是满的？”

“也许没满。”学生们有些迟疑。

“很好！”教授说完后，又拿出一袋沙子，慢慢地倒进瓶子里。然后，又问学生：

“现在这个瓶子是满的吗？”

“没有满。”大家很有信心地说。

“好极了！”教授又拿出一大瓶水，把水倒进瓶子里。

当这些事都做完之后，教授又问全班同学：“我们从上面这些事情中得出了什么结论？”

一位学生回答说：“无论我们的工作多忙，行程排得多满，如果再压缩一下的话，还可以做很多事情，这门课讲的是时间管理。”

教授听到这样的回答后，点了点头，微笑道：“答案不错，但并不是我要告诉你们的重要信息。”

说到这里，教授停顿了一下，向全班同学扫视了一眼说：“我想告诉各位最重要的信息是，如果你不先将大的鹅卵石放进瓶子里去，你也许以后永远都没有机会再把它们放进去了。”

桥上的两只山羊

森林中有一条河流，河水湍（tuān）急，不停地打着漩（xuán）涡，奔向远方。河上有一座桥，窄得每次只能容纳一人经过。

有一天，东山上的羊想到西山上去采草莓，而西山的羊想到东山上去采橡果，结果两只羊同时上了桥，到了桥中心，彼此挡住了，谁也走不过去。

3月12日

今天是植树节，为缅怀孙中山先生的丰功伟绩，把他逝世的日子定为植树节。

它们就这样彼此怒视着对方，僵持了好长时间。但仍然没有一只羊有退让的意思，这时东山的羊冷冷地对西山的羊说道：“喂，你的眼睛是不是长在屁股上了，没见我要去西山吗？还不让路。”

“我看你是干脆连眼都没长吧，要不，怎么会挡我的道？我要去东山你不知道吗？”西山的羊反唇相讥。

“你让还是不让？不让开，我可就闯啦。”东山的羊摇了一下头，那意思是：看到没有，我的犄（jī）角就像两把利剑，它正想尝尝你的一身肥肉是否鲜美呢。

“哼，跟我斗，没门！”西山的羊仰天长咩一声，便低头用犄角去顶东山的羊。

“好小子，我看你是不想活了。”东山的羊边骂边低头迎击西山的羊。

“咔”，这是两只羊的犄角相互碰撞的声音。

“扑通”，这是两只羊失足同时落入河水中的声音。

森林里安静了下来，两只羊跌入河心淹死了，尸体很快就被河水冲走了。

达·芬奇画蛋

达·芬奇是世界著名画家，他具有很高的艺术天赋（fù）。

3月13日

一场春雨过后，风里带来新翻泥土的气息，混着青草味，还有各种花的香。

他出生在意大利，十四岁那年他来到佛罗伦萨拜著名的画家福罗为师。福罗是一位出名的严师，他的第一堂课是让小达·芬奇画鸡蛋，达·芬奇非常开心，他终于可以拿起心爱的画笔一展身手了。但接下来的第二堂课福罗老师还是让他画鸡蛋，他只好不情愿地尊从师命。可是他没想到，第三堂、第四堂甚至第五堂课，福罗还是要他画鸡蛋，他开始有些不耐烦了。

“小小的鸡蛋，画在纸上只不过是一个小圈

圈，为什么要花那么久的时间练习？”他壮大了胆子问老师。

老师耐心地告诉他：“小小的鸡蛋虽然普通，但是不同角度，不同方向的光线投射所产生的效果，画出来就会完全不同。画鸡蛋是绘画的基本功，要练习到得心应手，功夫才能扎实。”

听完老师这番话，达·芬奇受到了极大的启发，于是，他每天拿着鸡蛋，一丝不苟地描绘。多年后，他的绘画技巧已经达到炉火纯青的地步了。

有一次，他跟随老师为一个教堂作画，但中途老师突然病倒，无奈，只好由他接续尚未完成的部分。没想到大功告成之后，教堂的牧师不禁赞叹：“这幅画实在太出色了，尤其是左半边的部分，可以说是大师级的作品。”

左半边那部分正是达·芬奇画的。

拍卖会上的小男孩

美国的海关里，有一批没收的自行车，在公告后决定拍卖。拍卖会上，每次叫价的时候，总有一个十岁出头的男孩第一个喊价，他总是以五块钱开始出价，然后眼睁睁地看着自行车被别人用30元、40元买去。拍卖暂（zàn）停休息时，拍卖员问那小男孩为什么不出较高的价格来买。男孩说，他只有五块钱。

没一会儿的工夫，再一次的拍卖会又开始了，那男孩还是给每辆自行车相同的价钱，然后被别人用较高的价钱买去。

3月14日

国际警察日。国际刑警组织创立于1923年，现总部设在法国里昂。

我国的“警察日”是在2004年确定的。

直到最后一刻，拍卖会要结束了。这时，只剩下一辆最棒的自行车。

拍卖员问："有谁出价呢？"所有人都知道一定是那个小男孩第一个叫价，果不其然，在拍卖员话音刚落的同时，站在最前面的，几乎已经放弃希望的那个小男孩又轻声地再说一次："五块钱。"

拍卖员停止报价，停下来站在那里。

这时，所有在场竞价的人的眼睛全部盯住这位小男孩，没有人出声，没有人举手，也没有人喊价。直到拍卖员报价三次后，他大声说："这辆自行车卖给这位穿短裤白球鞋的小伙子！"

此话一出，全场鼓掌。那小男孩拿出握在手中仅有的五块钱钞票，买了那辆世上最漂亮的自行车，这时，他脸上流露出从未见过的灿烂笑容。

专心做好一件事

有一位年轻的画家，曾经在国内外举办过多次画展。

有一次在朋友聚会上，有人问他："你为什么这么年轻就取得了这么高的成就呢？"

他微笑着说："因为我很小的时候就专心于学画，况且十几年来始终如一。"随后，他讲了自己儿时经历过的一件事情。

3月15日

消费者权益日。1962年，美国前总统约翰·肯尼迪在国会上提出的。

小时候，他兴趣非常广泛，画画、拉手风琴、游泳、打篮球，样样都学，样样都会，并且还要求自己都要得第一。这当然是不可能的，

于是，他整天闷闷不乐，学习成绩也因此一落千丈。

父亲知道后，并没有责骂他。晚饭之后，父亲把一个小漏（lòu）斗和一捧玉米种子放在桌子上。对他说："今晚，我要给你做一个试验。"父亲让他双手放在漏斗下面接着，然后捡起一粒种子投到漏斗里面，种子顺着漏斗滑到了他的手里。父亲投了十几次，他的手中也就有了十几粒种子。然后，父亲抓起满满一把玉米粒一下子放到漏斗里面，玉米粒相互挤着，竟一粒也没有掉落下来。

父亲意味深长地说："这个漏斗代表你，假如你每天都能做好一件事，每天你就会有一粒种子的收获。可是，当你想把所有的事情都挤到一起来做，反而连一粒种子也得不到。"

二十多年过去了，他一直铭（míng）记着父亲的教诲：专心做好一件事，你才会有所收获。

电梯间里的微笑

站在电梯门口，女孩儿的眼睛紧盯着变化着的楼层指示数字……过了一会儿，电梯门毫无声响地打开了。随着人流的涌动，女孩儿也被带进一个狭窄的空间。“咣”的一声，电梯关上沉重的大门，继续不厌其烦地做着升降运动。女孩儿试着对每一个人微笑。可每当女孩儿跟别人的眼神相碰，嘴角还没来得及扬起，对方早已掉转脑袋，留给女孩儿一个冰冷的后脑勺。

3月16日

手拉手情系贫困小伙伴全国统一行动日。大家一起帮助在贫困地区的孩子。

电梯门再一次毫无声响地打开了。要出去的人争先恐后，也许是实在忍受不了电梯里那弥（mí）漫的气味，出来就是一种解脱。当然，要进来的人还是不甘示弱。女孩儿依旧站在同样的位置，依旧注视着楼层指示数字。电梯门关到一半，一个打扮入时的年轻阿姨，一边喊着“等一下”，一边咚咚地跑进来。

站稳后，她灿烂地一笑，做起了自我介绍：“大家好，我是舞蹈学院的一名老师，住十一楼，以后请多多关照！”说完，又不折不扣地送来一个甜甜的微笑。阿姨的话打破了电梯里惯有的沉寂，只见有的人笑着点点头，仿佛是对阿姨热情的赞赏。

看到这一幕，女孩儿不由得会心一笑：看来，在这小小的电梯里，每个人心里的情感就这样被阿姨的笑容和言语给唤（huàn）醒了。女孩儿的目的地到了，女孩儿也回头给电梯里的每个人一个天真的微笑，然后，含着笑朝家里走去……

老太太与老乞丐的误会

在一家餐馆里，一位老太太买了一碗汤，刚想品尝它的美味，忽然想起忘了买面包。

她起身去买面包，买完后又返回了餐桌。然而令她惊讶的是，自己的座位上竟然坐着一位老乞丐，正大口大口地喝着她的那碗汤。

“这个无赖，他怎么喝我的汤！”老太太气呼呼地犯起了嘀咕。“可是，也许他太穷了，唉！我还是别声张了，不过，一碗汤全让他喝了也太便宜他了。”

于是，老太太装作若无其事的样子，

3月17日

国际航海日。为了纪念悠久的航海历史，每一个国家都有自己航海节或海军节。

与老乞丐同桌面对面地坐下，也拿起一把汤匙，不声不响地喝起了汤。

就这样，一碗汤，两个人你一口我一口地喝着。

两个人互相看看，都默默无语。这时，老乞丐忽然站起身来，又端来一大碗面条，放在老太太面前，而且在上面放了两把叉子。

老太太认为也许对方是对她那碗汤的补偿，就毫不客气地继续吃起来。吃完后，他们二人各自直起身，准备离去。

“再见。”老太太友好地说。

“再见。”老乞丐热情地回应。他们都显出一副很愉快的样子，都为自己帮助了对方而感到欣慰。那位慷慨的乞丐走后，老太太才发现，旁边的一张餐桌上，放着一碗无人喝的汤，而那才是她自己的那一碗。

老太太与那位老乞丐，在餐馆里演绎（yì）了一出美丽的误会。他们都从帮助别人的过程中获得了快乐。

宽容的犹太小孩

一天，一个年轻的犹太妈妈带着儿子去拜访朋友。在公共汽车上，一位背着大包的青年挤进了车厢，妈妈被大包撞到了一边。

儿子关切地问："妈妈，你没事吧？"同时，他恼怒地看了那位青年一眼，喊了一句："太可恨了！你怎么不看人呢？"

年轻的妈妈看着儿子，说道："可不能这么说，这位叔叔不是故意的。他背着那么大的包，多不方便，我们应该原谅他。"这时，那位青年也连连向她道歉（qiàn）。儿子听到这些话，惭愧地低下了头。

几天以后，妈妈很早就下了班，她骑着车子来到学

3月18日

1993年3月18日在北京召开首届科技人才交流会，是中国科技史的里程碑。

校，准备接儿子回家，结果发现儿子的手破了皮，血一滴滴往下流。妈妈心疼极了，赶快找来一些纱布，将他的伤口包好。然后就去问老师是怎么回事，老师也很纳闷，因为她既没有看到他来报告，也没有听到他哭过。

妈妈不解地问：“为什么不告诉老师呢？”

他笑着说道：“妈妈，小朋友不是有意弄伤我的呀！为这事，他已经深感不安了，如果我再去告诉老师，他会更加自责的。以后，我们还怎么做好朋友，你不是也一直教育我要宽容别人吗？”

妈妈听了非常高兴，她摸着儿子的头说：“好孩子，你长大了，知道谅解别人了。”

孟轲（kē）逃学

古时候，有个大学问家叫孟轲，知识非常渊（yuān）博。他刚上学的时候，学习很用心。可是他周围的小朋友都很调皮，不爱学习，还常常来给孟轲捣乱，让他一起逃学去玩。开始，小孟轲不理他们，可时间久了，孟轲也觉得学习太辛苦，不如在外面玩耍快活。于是，他也开始逃学了。终于，孟轲逃学的事情被他妈妈知道了。

这天，他从外面玩耍（shuǎ）够了，没等到放学的时间就背着书包回到家里。妈妈正在织布，

3月19日

我用绿叶聆听春天的声音，但是春天的声音很小，是一朵花开放的声音。

看到他早早回来，就问："今天怎么这么早就放学了？"他一听，才知道今天回来太早了。坏了，这下该怎么说好呢？最后只好承认自己逃学了。

妈妈虽然很早就知道孟轲逃学的事，但听到儿子亲口说还是非常恼火。她生气地放下手中的活，站了起来，一手握着正在织的布，一手拿起旁边的剪刀，对小孟轲说："你抬起头，看着我，妈妈在这里织布辛不辛苦？我这么辛苦为了什么？你呢？不珍惜这个机会还去逃学，真是太让我失望了！"

他一见妈妈生气了，慌忙给妈妈跪下，承认错误。妈妈没理他，一剪子把没织完的布给剪断了，说："你不好好读书，长大了就像这匹剪断的布，一点用处都没有！"小孟轲哭着说："妈妈，我错了，我以后一定好好学习。"从此，他勤奋学习，终于成了著名的大思想家。

幸福在哪里

在广袤（mào）的大草原上，有两只狮子，它们是母子。

有一天，小狮子独自去觅食，听到一只野猪对它的孩子们说：“我亲爱的孩子们，你们只要努力好好生活，就会获得幸福的。”小野猪们并不是非常明白，便问道：“妈妈，到底什么是‘幸福’啊？”野猪妈妈微笑着说：“我的宝贝们，你们现在还小，将来长大了就会明白

3月20日

民间有“二月初二，龙抬头”的说法。传说这一天是天上管云雨的龙王抬头的日子。

了。”是啊，什么是幸福，小狮子感到十分好奇。它边走边想，却没有答案，于是它飞快地跑回家，去问自己的妈妈。“妈妈，我总是听到很多动物在说幸福，可到底幸福是什么呢？它能不能吃？到底幸福在哪里？”母狮子说：“幸福不是物体而且也抓不着，更不能吃，它啊就在你的尾巴上。”

小狮子听到妈妈说幸福就在自己的尾巴上，于是，它便不断地追着自己的尾巴跑……但始终咬不到。

母狮子看到小狮子天真的样子，忍不住笑道：“傻孩子！幸福不是这样得到的。只要你昂首向前走，幸福就会一直跟随着你！”

我们总是在不断地寻找着幸福，总觉得幸福离自己很远很远。其实，当我们抛开了所有的功名利禄，用心地欣赏、享受已经拥有的一切时，幸福就会一直在我们身边。

十里桃花万家酒店

唐朝有个人名叫汪伦，他年轻的时候家住安徽泾（jīng）县桃花潭边的一个小镇。他十分仰慕当朝的大诗人李白，只可惜无缘相识，一直想找个机会亲眼目睹一下这个“诗仙”的不凡风采。

3月21日

节气：春分。春分后，农作物进入春季生长阶段。

这一天也是“世界林业节”。

有一次，他家的仆人忽然高兴地跑来对他说：“李白遨（áo）游名山大川来到了皖(wǎn)南，先生这次终于可以如愿以偿地见到李白了！”汪伦听后心想，李白并非常人，我

若是贸然去请，他不见得会过来，有什么方法能够结识李白呢？

他忽然间想起了李白生平有两大喜好：一爱喝酒，二爱桃花。于是他灵机一动，想出一个妙计，他随即给李白写了封邀请信。信上说：

“先生好游乎？此地有十里桃花。先生好饮乎？此地有万家酒店。”

李白接到这封信以后，一看正合他的心意，于是，欣然赶到桃花潭来见汪伦。

两人寒暄过后，李白说：“我是特地来观十里桃花，尝万家酒店的酒的。”

这时候，汪伦才告诉李白：“十里桃花说的是十里之外的桃花潭，万家酒店是指桃花潭西一个姓万的人家开的酒店。”

李白听罢，才知自己“上了汪伦的当”，大笑不已，并称赞汪伦聪明。

李白在汪伦家逗留数日，临别之时，为了感激汪伦的一片盛情，特作《赠汪伦》绝句一首相赠：

李白乘舟将欲行，忽闻岸上踏歌声。

桃花潭水深千尺，不及汪伦送我情。

不服气的鹦鹉

一个农夫养了一头会干活的牛和一只会说话的鹦鹉。除这两个动物以外，家里再没有值钱的东西了。一次，牛从田里干活归来，刚一进院，便躺在地上，站不起来了。鹦鹉见它汗流浃背，气喘吁吁，十分感慨地说："老牛呀，你那样吃苦受累，可主人说你什么呢？说你干活慢，有牛脾气，你呀，可真是受累不讨好呀，真可悲！你瞧我，不用干活，还让主人伺（cì）候着，主人还经常表扬我，说我真会说话，会学舌，太可爱了。你说我是不是比你聪明多了？你真是个不折不扣

3月22日

世界水日。水是所有生命赖以生存的源泉，从今天开始，请珍惜每一滴水。

的大傻瓜。”

老牛说：“我知道自己傻，但我相信主人不傻。靠漂亮话只能得宠（chǒng）一时，不能得宠一世。”

鹦鹉听了老牛的话不以为然。于是双方便都沉默了。

夜里农夫家里来了一伙强盗，抓住了农夫，他们逼迫农夫交出值钱的东西，否则就要杀死农夫。鹦鹉看在眼里，心想，主人最不喜欢老牛了，他肯定会把老牛交给强盗的。

可结果大大出乎它的意料，农夫将鹦鹉交给了强盗。

鹦鹉不服气，它问农夫：“为什么不把牛交给强盗？”农夫说：“其实这个道理很简单，没有牛就不能耕田，我就得挨饿，甚至被饿死，而没有你——鹦鹉，只不过少听一些漂亮话而已，无关紧要。”

守时是最大的礼貌

1779年，德国哲学家康德要到一个名叫珀（pò）芬的小镇去拜访老朋友彼特斯。康德动身前曾写信给他的朋友，说自己将于3月2日上午11点之前到达。

康德3月1日就赶到了珀芬小镇，第二天早上租了一辆马车前往朋友的家。老朋友的家住在离小镇12英里（1英里＝1.6093千米）远的一个农场里，小镇和农场中间隔了一条河。当马车来到河边时，不能再往前走了，因为桥坏了。

康德跑到河边的一座很破旧的

3月23日

世界气象日。1960年6月，世界气象组织（WMO）确定每年的3月23日为"世界气象日"。

农舍里，客气地向主人问道：“请问您的这间房子要多少钱才肯出售？”

“如果你真的想要买的话，那就给200法郎吧！”

康德付了钱后说：“如果您能马上从房上拆下几根长木头，20分钟内把桥修好，我将把房子还给您。”

农妇把两个儿子叫来，让他们按时修好了桥。马车顺利地过了桥，在10时50分康德赶到了老朋友的家。

在门口迎候他的老朋友——彼特斯高兴地说：“亲爱的朋友，您可真守时啊！”

康德在与老朋友相会的日子里，根本没有提起为了守时而买房子、拆木头修桥过河的经过。

后来，彼特斯在无意中听到那个农妇讲了此事，便很感慨地给康德写了一封信。信中说道：“老朋友之间的约会，晚一些是可以原谅的，何况您还遇到了意外。”

康德在回信中写道：“在我看来，守时就是最大的礼貌。”

老鼠挑女婿

很久以前，有一对鼠夫妻，他们的年纪都已经很大了，于是急着要为唯一的女儿找一位世界上最伟大、最有本领的丈夫。

3月24日

好雨知时节，当春乃发生。随风潜入夜，润物细无声。——《春夜喜雨》

第二天一大早，鼠爸爸和鼠妈妈便走出家门，开始为女儿寻找如意郎君。

这时，太阳公公从东方冉冉（rǎn）升起，给大地带来一片光明，鼠爸爸说："太阳公公正是我们所要寻找的理想对象呀！"

太阳公公笑着对他们说："我的光芒虽然能够普照大地，但是当乌云来

的时候，我就会变得暗淡无光了。”

于是，鼠爸爸和鼠妈妈打算去找乌云。

乌云急忙说：“不不，风才是你们理想的对象，因为只要他一来，我就会被吹得晕头转向。”

正说着，突然，“呼”地一声，风挥舞着他的大披风，飞了过来。风说：“别看我有时候非常威风，但是只要一堵墙，就可以将我弹倒在地。”

鼠爸爸和鼠妈妈继续往前走，走了好几天，终于发现了一堵大墙。他们急忙跑过去，正准备开口时，却听见墙愁眉苦脸地说：“看！你们这些老鼠，就是喜欢在我身上打洞。”

原来，一只年轻力壮的老鼠正在大墙底下挖洞呢！

直到这时，鼠爸爸和鼠妈妈才恍然大悟，原来，他们也有让别人羡慕的才能，于是，他们就把女儿嫁给了那只年轻力壮的老鼠。

菜农和学问家

春天来了，菜农在自家的菜园里翻地，他是一个勤劳的庄稼汉，干得非常卖力。光是种黄瓜的地，他就挖了五十来畦（qí）。

3月25日

春天像刚落地的娃娃，从头到脚都是新的。

菜农的隔壁院子里住着一个学问家，他是园艺爱好者，只会根据书本知识空谈园艺，但他心血来潮，也想种一些黄瓜。

于是，学问家嘲笑菜农说："邻居，别看你干得汗流浃背，等着瞧，我种的黄瓜会远远超过你。老实说，你好像从未念过什么书吧？"

菜农回答

说："我没有工夫学。勤劳、经验和两只手就是我的全部学问，靠它们我就能活下去。"

学问家立即斥责他："无知的人啊，你竟然敢反对科学！"

菜农回答道："不，先生，请别曲解我的话，难道现在不应该种地吗？我好歹已经种下一些东西，可你连地也没翻出一畦呢。"

"是的，我一直在查书，想弄清翻地到底用什么最好。时间还来得及。"

"但是我的时间可不富裕。"说罢，菜农拿起铁锹，告别了学问家，继续去干活了。

学问家在家不停地查书、做笔记，好不容易种下一点儿，哪知种子刚发芽，他又从书上看到一种新的方法和模（mó）式，于是，重新翻地，重新播种。

结果怎样呢？菜农得到了大丰收，如愿以偿地赚（zhuàn）了不少钱；而学问家却连一根黄瓜也没有种出来。

孔雀的歌声

从前有一个糊涂先生，不通事理，却很喜欢音乐。有一次，他穿过树林，在回家的路上听到了夜莺的啼鸣。这确实是美妙的音乐，让人听得情不自禁地陶醉在歌声中。他回到家中，回想着鸟儿的歌声，便想养一只这样的鸟儿。

第二天，糊涂先生便来到城中。他暗自思忖（cǔn）："我未见过此鸟，不知它是什么样子，但它的歌声仍萦（yíng）绕在我心头，我一定要买到这只鸟，这里

3月26日

碧玉妆成一树高，万条垂下绿丝绦。不知细叶谁裁出，二月春风似剪刀。——《咏柳》

有鸟市，可以任由我挑选。”于是他便来到了鸟市。在鸟市里他看到了孔雀，也看到了夜莺。

他说："这只孔雀我已认定，它的羽毛如此缤纷多彩，唱歌也一定非常动听。这就是我心之所愿，请问它卖多少钱？”

卖主回答说："且慢，先生！论唱歌孔雀并不在行，您该挑选在它旁边的夜莺。”这位糊涂先生听了颇感意外，他生怕被这卖主欺骗蒙混，而且他也全然未把这体态瘦小、羽毛不丰的夜莺看在眼里。他心想：它哪里能当唱歌的明星！于是，他最终还是买了孔雀。

糊涂先生十分满意，一路上想象着孔雀的美妙歌声。回到家里，他把孔雀养在笼中，而孔雀为了不辜负主人对它的垂青，大叫了十来声。但是，都像猫叫一样难听。糊涂先生终于弄明白了：看毛色挑嗓音，是很愚蠢的做法。

换 票

有两个乡下人准备到城里去打工。他们一个买了去纽约的票，一个买了去波士顿的票。到了车站，他们打听后才知道纽约人很冷漠，指个路都想收钱；波士顿人特别质朴，富有爱心和同情心。

去纽约的人想，还是波士顿好，挣不到钱也饿不死，幸亏车还没有来，不然真是掉进了火坑。

去波士顿的人想，还是纽约好，给人带路都能挣钱，幸亏还没上车，不然真失去了挣钱的机会。

最后，他们两人互换了车

3月27日

盼望着，盼望着，春天的脚步近了。山朗润起来了，水涨起来了，太阳的脸红起来了……

票，原来要去纽约的人去了波士顿，打算去波士顿的人到了纽约。

去波士顿的人发现，那里果然很好。银行大厅里的水可以白喝，大商场里有免费品尝的点心，可以白吃。他非常庆幸自己的选择。

去纽约的人发现，纽约到处都有挣钱的机会。他凭着自己的商业头脑，很快就净赚（zhuàn）了50美元。一年后，他买了一间小小的门面。

后来他又买了一些清洗工具，办起了一家清洗公司，专门负责擦洗招牌。如今他的公司已经有了150多个员工，业务还发展到了附近的几个城市。

不久，他坐火车去波士顿旅游。在路边，一个捡破烂儿的人伸手向他乞讨，他掏出一张钞票递到那人手中。这时，两人都愣住了，因为五年前，他们曾经换过一次车票。

雕刻大师的杰作

一位技术不佳的雕刻师不小心雕坏了一块上好的大理石石材。他在应该是人物腿的部位误凿了一个洞，于是这块不可多得的大理石只好被遗弃在教堂的一个角落里。

3月28日

春光轻柔，有着孩子一般天真的笑容。密叶间草地上，鸟声正浓。蜂与蝶，留恋花蕊的味道。

有一天，有人请来了米开朗琪罗。他们认为，只有这位大师才可以让这块不可多得的大理石重放光彩。米开朗琪罗看了看这块石材，得出了一个结论：他可以雕出美丽的人形，只要调整姿态遮掩住那块被破坏

的部分。

经过一番构思，米开朗琪罗决定雕刻手上拿着弹弓的年轻大卫，然后安放在市中心的广场上。几星期之后，米开朗琪罗雕刻得差不多了，他在广场上作最后的修饰。一天，该市的市长看到了，他自以为是行家，便对米开朗琪罗说："这是个了不起的杰作，只是鼻子太大了。"

米开朗琪罗知道市长正好站在雕像的正下方，因为视角不合适，所以就看不出真正的效果。于是，他爬到鼻子的部位，拾起刻刀和木板上的一些大理石，然后开始用刻刀轻轻敲着，让石屑一点一点掉下去。

事实上，他根本没有改动鼻子，但看起来却好像在努力修改，几分钟后他装模作样地从架子上爬下来，拉着市长站到另一边说："现在您看看怎么样？"

"棒极了，我比较喜欢这样，这才显得栩栩如生呢。"市长高兴地回答。

被人捉弄的流浪汉

有一个愣头愣脑的流浪汉，常常在一个市场里走来走去。由于那个流浪汉说起话来总带着一些傻气，大家都以为他是傻瓜，因此很喜欢开他的玩笑，并且想出不同的方法来捉弄他。

市场里常常有一些人想看他到底傻到什么程度，便在手上放了两枚硬币，一个5元的和一个10元的，让流浪汉来挑一个拿走。流浪汉对着这两枚硬币，思考了半天，最后拿走了5元的硬币。

3月29日

春来人间，轻歌曼舞。春天的美好心情，进入每个人的心房。

那些捉弄他的人，看到他竟然傻到连5元硬币和10元硬币都分不清楚，都捧腹大笑。从此，那些人只要看到他经过，都会用这个手法来取笑他，而他倒觉得也很开心，能够见到大家笑，他以为是件非常高兴的事情。于是，每次让他挑硬币的时候，他都未让大家失望，每次都会拿走5元的硬币。

过了一段时间，一个善良的老妇人看他可怜，每次都被人欺负，便决定帮帮他，就叫住他说："我教你怎样区分5元和10元，以后他们再取笑你，你就拿10元的让他们看看。"

流浪汉"嘿嘿"一笑对老妇人说："不，谢谢您，我知道怎么区分，如果我拿走10元的话，他们下次就不会再让我挑选了。"

老妇人听了他的话，才知道：原来他并不傻，而所有取笑他的人才真傻。

最有价值的小金人

有一天，有个小人国的使者来到中国，他向皇帝进贡了三个一模一样的小金人。小金人金光灿灿，把皇帝的大殿映照得金碧辉煌，可把皇帝给高兴坏了。

3月30日

人生是一个积累的过程，即使跌倒了，你也要抓住一把沙子。

但这小人国的使者却故意刁难，对皇帝和所有的大臣说："我想请教贵国一个问题，这三个小金人究竟哪个最有价值呢？"

皇帝和大臣们都愣住了，这几个小

金人明明看上去一模一样，怎么挑出最有价值的呢？没办法，只得把珠宝匠请了过来，可无论是做检查，还是称重量、看构造，都是一模一样的。皇帝又问了很多大臣和民间的智者，大家都不知道这个问题该怎么回答，皇帝束手无策了。

怎么办？使者还等着回去汇报呢！泱泱（yāng）大国，不会连这件小事都不懂吧？皇帝和大臣们都很着急。终于，有一位老臣站了出来，说他有办法。

皇帝将使者请到大殿，老臣胸有成竹地拿着三根稻草，插入三个小金人的耳朵里。第一个小金人耳朵里的稻草从另一边耳朵出来了，第二个小金人耳朵里的稻草从嘴巴里出来了，而第三个小金人，稻草从耳朵里进去后掉进了肚子里，悄无声息，什么动静也没有。

老臣说："第三个小金人最有价值！"

使者默默无语，点头称赞老臣答对了。

金锅难产

有一天，阿凡提到一位贪婪的巴依家去借锅子，巴依当然不肯借，最后在阿凡提表示用自己的小毛驴留下做抵押的情况下，才让他拎着锅子出门。

3月31日

如果你赢得了快乐，你就赢得了整个人生，因为快乐无价。

第二天，阿凡提来归还锅子，还附带了一只小锅，并告诉巴依："这是你家锅子生的小锅，所以我一并带来还给你。"

巴依当然不信锅子会生产，但为了占便宜，他装腔作势地说："是啊，我昨天借给你锅子时，它正怀着孕呢！"然后

让阿凡提牵走了小毛驴，并说："阿凡提，今后不管你借什么东西，都尽管来借好了。"

此后，阿凡提每借一次东西，都会像上次一样还给巴依一件小东西，巴依当然很高兴。

过了半个月，阿凡提愁眉苦脸地来找巴依，对他说："巴依老爷，我的母亲生病了，我想借你那口祖传的金锅子为母亲煎药。"

巴依一想到过几天就有两只金锅子到手，便毫不犹豫（yù）地把金锅子借给了阿凡提。

过了很久，阿凡提匆匆地跑进巴依家，说："巴依老爷，不好啦，你借给我的那只金锅子由于难产不幸死掉了！"

巴依骂道："放屁，锅子怎么会死呢？"阿凡提却说："巴依老爷，你既然相信锅子会生小锅子，那为什么不相信金锅子会难产而死呢？"

贪心的巴依被阿凡提说得哑口无言，不仅失去了自己珍贵的东西，而且还成为大家的笑柄。

技高一筹的瑞士人

第二次世界大战时期，德国发动战争，先后侵占了波兰、比利时、法国等一些欧洲的国家，英国面对德国气势汹汹的攻势，被迫对德宣战。其他一些国家，例如美国和苏联也先后加入了战争。只有瑞士宣布保持中立，不想介入战事，因此许多犹太人不断地跑到瑞士避难。驻守在边境的德军指挥官看在

每一个成功者都有一个开始，勇于开始才能找到成功的路。

眼里，很不是滋味，总想找机会给瑞士一点儿颜色瞧瞧。

有一天，一名德国士兵奉命送来一个包装非常精美的礼盒，指定要给瑞士的防区指挥官。当这位瑞士指挥官小心翼翼地打开盒子时，发现里面装的居然是一堆臭不可闻的马粪。指挥官很生气，但又不能回送同样的东西，那样的话，等于给德国攻打瑞士提供了一个很好的借口，经过思考，他想出了一个两全其美的好办法。

第二天，瑞士的一名士兵也回送了一个精美的礼盒给德军的指挥官。“不用想也知道，他们会送还什么好东西。”德军指挥官站在远处不屑(xiè)地说。

可是，当士兵打开礼盒时，所有的人都感到很吃惊，因为他们看到里面装的竟是最高级的奶酪。礼盒里还附了一张纸条，上面写着：“谨遵照贵国的习俗，送上我国最好的产品。”

坚定的锡(xī)兵

有个小男孩过生日的时候，收到了25个小锡兵，高兴极了。

小锡兵们穿的制服很漂亮，红上衣，蓝裤子。他们的手里都端着枪，仿佛正在站岗放哨。突然他发现有个小锡兵只有一条腿，可是他看起来更骄傲和自信。

书山有路勤为径，
学海无涯苦作舟。

离他们不远，有一座纸做的城堡，里面有一个蓝色的湖，湖边站着一个漂亮的姑娘。

房子里有个黑妖精，每到天黑的时候就出来做坏事。一天晚上，黑妖精吹了一口气，突然起了一阵风，把那个单腿锡兵吹倒了，一头栽下楼去，倒在了马路边。

一个小孩发现了他，就把手里的纸船拿出来，把他放进去，沿着水沟，顺流漂下。

锡兵突然眼前一黑，接着感到又闷又热，原来他被一条大鱼吞进了肚子里。

不知过了多久，小锡兵眼前一亮，鱼肚子被剖开了。原来，小男孩的保姆到市场上买菜，刚好把这条鱼买了回来。

锡兵还是那样很平静地站在那里，并不觉得自己有什么值得称赞的地方。不过，他又见到那个漂亮的姑娘了，心里有说不出的高兴。那个姑娘也用敬佩的目光看着他。

锡兵的目光仿佛更加坚定。尽管不知道自己未来的命运将会如何，但是，唯一保持不变的，是他的目光，仍然那么坚定！好像在对人们说："我永远是一个坚定的锡兵！"